不怕青春
太疼痛，
只怕青春没来过

明星煌 著

浙江出版联合集团
浙江文艺出版社

你知道吗？

有个瞬间，

我以为你要离开我了。

我知道啊，

有好几个瞬间，

我都以为我要离开你了。

先是一个男孩，再来才是作家。

目 录
CONTENTS

ONE

TWO

THREE

FOUR

FIVE

ONE

我的频率震动了跟我一样的青春灵魂。◢

并不是一个善于悲伤的孩子

离生日很近的时候，我严肃地思考起自己是一个怎样的人。

小林说她一直觉得我活得很 drama，说追根究底我本来就不是个清寡的人，即便我看起来比法鼓山上的那些和尚还要云雾缭绕戒律清规。我抬抬眉毛瞪着她撕开 Louis Roederer 的金色玻璃纸，气愤地说："你妖言惑众！我比你们都活得清白，以及朴素。"接着把香槟杯举到她面前，张着一双一尘不染的眼睛。

但我的确不是个生活静如死水的人。

起码也像樱花以秒速五厘米的速率变换着看见的风景。

很长一段时间别人对我说你真是个文青，我都会呵呵呵呵地确认他到底说的是那种只穿无印良品背着帆布包很爱去展览打扰别人并拍照上传的家伙，还是单纯说我是——文艺青年。你看社会多复杂，收到一个称赞都有这么多小剧场，当然也可能是怪我太放不开，归咎于我太认真生活好了。

虽然我是中文系出身的，但我也害怕那些看见树叶掉下来就要哭着发社群动态说：叶子，落。下来。跟我的萧瑟相同。啊！冬天来了……（他们的笔法更光怪陆离并难以描摹，但强大的精神感染力足以让你的每个毛孔都在尖叫并呕吐。）如果是我要伤春悲秋的话，大概会说："我的寂寞是整个荒芜的冬季，是用一片铅灰色就可以画完的风景。""叶子就这样跟世界告别了，赤条条无牵挂，真好。""来生我要做一片绿叶，无爱无恨，不负如来不负卿。"……把小情小爱上升到国家世界宇宙的程度，这就是永垂不朽的文人悲伤，这就是历久弥新的"为赋新词强说愁"，这就是市场上独领风骚的青春文学。

我崇拜我所爱的一切，同时又像一个冷酷的法官去审判那些被我爱着的一切。如果有人对我所爱的事物大肆批评，我也不怎么难过，因为我自己抨击起来总是更腥风血雨。

我是一个快乐的人，因为懒得悲伤，以至于写小说的时候对于悲剧人物充满同情，觉得他们实在活得太苦了，人生何必非要圆满，人生终究不能圆满，但我笔下的人物总是不明白。到底是我不透彻，还是他们不明白？

庄周梦蝶，浮生若玩笑一则。我希望我是真人而非幻蝶，因为假如你告诉我，那些流过的热泪都是假的，我铁定会哭得更撕心裂肺。没道理我承受着生而为人的罪，却活着蝴蝶的本质，那不如让我当一只蝴蝶就好，这样当时考大学的那一个月也就能多睡一点了。

一个人需要遗忘很多的秘密才能快乐地度过一生。

在写作的时候，我常常提醒自己理性，最好像个机器，随口吐出来的都是财务报表或者法律条文那样精确又冰冷完美的数据以及专业术语，李清照和纳兰性德也要用得很小心，比如"人生若只如初相见"，因为被知道得太广泛，以至于能在各种回应中，哪怕是火锅店的评论中也能看到这句。最后能说的话越来越少，就索性变成一个善于凝望远方的哑巴好了。

我一直生活着，一路丢失我的文艺浪漫与对世界义无反顾的爱。我最后一次看韩剧是 2015 年的《来自星星的你》，还记得高中的时候和朋友一部又一部剧地刷。有人说

认清现实的人爱看美剧，我想这种崇洋媚外的心态得丢掉，终究看剧都是逃离现实的行为，不管是盯着咿咿啊啊的《行尸走肉》还是李敏镐、宋慧乔。估计后来我不怎么逃离现实了，凭着一股有本事天塌下来砸死我的精神，结果老天没跟我杠上，于是我格外精神饱满地璀璨着，像一只多长了几条尾巴的狐狸。

记得纪德说过：你永远无法理解，为了对生活发生兴趣，我们付出了多大的努力。难怪有一阵子我对生活很倦怠，每天挂着一副口罩，没课就跑回家，日日挑战今天能比昨天早多少刻睡觉。我永远记得那时在诚品我翻到村上春树的书，书里第一句写道："从大学二年级的七月到第二年的一月，多崎作活着几乎只想到死。"当时我大二，我觉得上帝跟我开了一个黑色幽默，所以说当你意志消沉的时候，生活会知道，它会温柔地抚摸你的脸，然后给你一记铁拳。

作家都善于幻想，这种说法我从没想过，而是好多人这么说："你能写出这么多故事都是哪儿来的灵感？""你应该多出去走走啊，多点生活体验。不然你怎么写故事？"最后这点常常成为惹毛我的邀约借口，谁的生命像你这么贫乏，非得天南地北地流亡才能写出故事？你到处跌跌撞撞、头破血流，难道就能写出一部《史记》不成，J.K.罗琳还是跟伏地魔做完采访后才写出《哈利·波特》的呢。你看，一不小心就暴露了我是这么不好相处的人，实在惭愧。我坦承自己实在不好擒拿，我只希望我是坏人眼中的噩梦，好人愿意喝咖啡的伙伴，这样就好了。

　　我不会打麻将，原因是知道自己爱赌，所以根本性地拒绝触碰，但我觉得写小说就像在赌博。我一直想写个咖啡馆的故事，好多作家都写过，毕竟咖啡馆是个这么通俗又浪漫的地方，直到看了Modiano 的《在青春迷失的咖啡馆》，我觉得我可以写了。某编辑告诉我这素材不是最好的，因为太多人写过了，当时已写完全书的我思考起订好的伦敦机票，毅然决然地对着话筒说："排版吧。"（然后拖着我的小行李箱前往海关。是的，我就站在桃园国际机场，改稿跟旅行我选择了旅行，原谅我放荡不羁爱自由。）之后那本关于咖啡馆的书上市不到二十四小时就登上了新书销售第一，这验证了：一是我赌运超旺，二是台湾年轻人都想开一间咖啡馆，所以我的频率震动了跟我一样的青春灵魂。

　　我并不是特别懂咖啡，就如同我并不是特别懂很多事情一样，不懂人心不懂人性甚至对人类也匪夷所思。

　　我想我会一直孤独。或者说始终保有一部分的思绪不开放给其他人观光。

　　连自己，有时我都不见得待见。色衰则爱弛。偶尔我瞥见电梯镜子里的自己不那么容光焕发的模样，我对自己的喜好度都会降低，

但我一点也不难过，我只会想长得好看的人多半心地都不好，所以这说明我越来越善良了（长得好看的人别生气呀，这只是我的自我安慰而已，你们始终是赢家）。所以我特别能理解这个社会看脸的心理。爱美之心人皆有之，自古皆然，如同我对熊猫和婴儿有着热烈的爱，何况他们不只可爱，还不能自理。

越长大越对世界充满怨怼，但你会越来越懒得抱怨。十六七岁的时候我经常跟朋友大吐苦水，一点愤懑就要扯着人细水长流地哀鸣一晚上，但长大后开始明白每个人都有自己的地狱，甚至发觉别人地狱的岩浆比我的更滚烫可怕，于是我也就懒得抱怨了。

大皓同学说我是个善于自我审查的人，说我不自信。我是那种要是别人信息晚回一些，我就会开始检查是不是我哪句话打上去失礼了，还是某段文字显得我是个冷漠不关心的人。说出一个计划我会先说最坏的情况，我要自己安心，我要所有的人都跟我一起安心，尽管大多数的人其实活得挺放心的。

我一点都不适合做公众人物，所以我很有自知之明地在能成为作家的时候退出电视圈。

事实上，我只觉得录影的那一年就是每个礼拜去化妆领通告费，制作人曾经跟我说你再放空我就打你，但他对我很好，我甚至觉得他看我的目光饱含着怜悯，像一盏温热的灯，不断在想这个傻孩子什么时候会发现自己根本不属于这里呢。那个时候我上完韩语课要把计程车叫到教学大楼楼下，一打钟就冲进车子里。我听过林依晨拍戏坚持不停学的故事，那时我觉得自己闪闪发光，但是人家之所以是"晨神"是因为懂得坚持。所以上天是公平的，给你机会你要去把握，不然就脱下华美的袍回家睡觉吧。

后来我就回家睡觉了。

其实我是甘于平凡的，我可以甘于平凡地死去，却不愿意甘于平凡地活着。

像我这样的人，比蠢蛋多一点聪明，但是做不了尼采，离24岁就以出道作大放艳光的吉本芭娜娜也很遥远，尽管此刻我还比当年的她年轻一滴滴，但我知道自己这种绵羊货色跟旷世奇才之间是万水千山，我还是活得很坦白的。我不知道自己以后会到什么地方，不知道自己会死在铺满梅香红薇的花园还是潮湿黑暗的水底洞窟，不知道会变成追逐钞票的西装精英，还是高唱人生如钟摆的灵魂诗人，我不知道，什么都不知道，我跟你一样，那么迷茫。（你应该比我更睿智，但我说"我们"会让我更有安全感，就包容我吧。）

吉本芭娜娜写过：我只想沉睡在星光下，我想在曙光中醒来，除此之外的一切，都任其淡淡逝去。倘若不是把这段文字放在简介上会让人误解我是文青（会让你想冲他泼水的那种），这简直是我理想的生命姿态。

如果你遇见我，或者遇见像我一般的人，就让他静静地离开，如果要留住他，也要好好地爱，最好还是深爱，不然就还是让他走吧。使用手册跟小王子豢养的那只狐狸是相同的。

今年的生日我想要的礼物和愿望都已经想好了。我要李白的一杯月光，埋葬人生过多的绝望；要杰克的一颗豌豆，爬到没有吵闹的干净天堂；要 Elsa 的一盆冰雪，洗净脸颊上肮脏的疲惫；要林黛玉的一垒花冢，当作最后沉睡的殿堂。我希望活在一个人类还没学会如何彼此伤害的世界，希望这世界上的所有旋律都是关于爱与赞扬（但尽量是流行乐曲风比较好）。

说完这些可能会流露空山雪月苍凉的氛围，但其实我不是一个哀伤的人，只是懒得笑的时候，眉眼容易凝结成悲伤的模样。

因为感触不用温习，感动不用培养

如果遇见我，记住我是一只小·狐狸

不过二十出头，就有种懒得再去认识别人的倦怠。就跟比起听一首新的歌，更喜欢播放旧旋律，去 KTV 看见排行新歌几乎都不认识，唱的还是过去百听不厌的调子，大概从前大人的老歌之所以隽永，是因为他们也懒得去澎湃新的经典吧。

还是旧的好。
因为感触不用温习，感动不用培养。
朋友尤其就是这么一回事。

我是个很容易交付真诚的人，因为我总认为你拿七分待人，就不能指望别人能回应你十分，你必须用心用力才能有公平的回报。所以如果有人率先对我好，我就会感动得泪眼汪汪。比如从前参加营队，和一个小组的伙伴密集地窝在一起几天几夜，我就特别害怕下车道别的那一刻，因为已经相遇，因为已经理解并喜欢，因为知道阔别后难有重逢。

像个傻瓜一样。

有时候看综艺节目一群艺人录了一季，分别的时候每个人都哭得稀里哗啦，网友说太做作太假，但我相信是真的。有时你对一个我和你一样，还是希望被别人珍惜。

人动心依赖不想分开，未必要天长地久地相伴后才能有，就如同你和一个人被困在一座倾覆在即的城，眨眼间她就是你生死相依的恋人了。

而回头看看已走过的半截青春，有些曾经相濡以沫的朋友早已相忘于江湖，天各一方。不过几年前忆及此处我会悲伤得快要死掉，觉得如果当时再用心一点，我们还能走得远一些。可是到了今天，我就是一只面容哀婉但皮肉惊雷不动的白尾巴狐狸，你猜测我难过，但你找不到被我藏匿的眼泪。

只有我自己能感应到遗憾在身体里疯狂挣扎的动静，带着快步跑过草丛的沙沙沙声响；我知道刚刚搭建好的信任与依赖像是被撞击的白瓷，闪电状的裂痕咔咔蔓延；我会陷入花谢花飞花满天的惆怅。坐在地上的我迎来迷天黑雾，一如杵在荒原上跟同伴走失的绵羊，它乌黑的眼珠子无助得让人心酸。

我不需要跟谁分享难以名状的忧伤，因为说出来就矫情。我依然会挂着笑容和别人说再见，模样精神抖擞。

今天的我很难跟别人说我好悲伤，然后开始叽叽喳喳地讲些自叹自怜的小青年废话。有一次我在节目里听见主持人问一个前辈女作家：你遇到的那些那么糟的事当时有跟朋友说或者分享出来吗？

她说：不用去告诉别人自己有多惨，因为每个人都挺惨的。大致意思是这么个模样。

这思维在我心上留下深刻的轮廓。是呀，别去打扰别人了吧。

我有两本《小王子》，中文版是妈妈某年送我的生日礼物，英文版是前两年朋友送我的生日礼物。

深爱并了解我的人，不约而同地送来这个在星球旅行的小孩。

我怀念翻起《小王子》不会热泪盈眶的年纪，那时只管插图缤纷，文字轻轻浅浅，像是甘甜的饮料，喝过即忘。无知是幸福的，所以睿智的长者从来不会炫耀自己的博闻，因为他们了解那是多少的伤害，是上天有多不眷顾。我离白鬓两行的智者还差 N 万里路，但比起十三四岁时，也算是吃了一点人间烟火。

现在翻开书页，读着简单而利落的文字，我就会觉得自己被一种灰蓝色的潮水包覆起来，又像是与外界隔离的茧，充满孤独。

狐狸对小王子说："驯养我吧！我不过是成千上万只狐狸里的其中一只，跟别的没什么不同。你要是驯养了我，在这个世界上我就是独一无二的狐狸。"

我没有随着时间变成一个奇怪的大人，也没能学会模仿玫瑰无

坚不摧的骄傲光泽，反倒成了那只受制于人的狐狸。

　　"如果被豢养，就要承担流泪的危险。"
　　但追根究底，我还是期待遇见那个从远方踏雪而来、带着满腔真诚与琥珀般敦厚目光的人，幼稚却动人地说："我们当好朋友吧。"
　　我和你一样，还是希望被别人珍惜。

　　如果你遇见我，你应该要具备耐心。首先你要坐得离我远一点，坐在隔壁金黄色的草地上，留给我打滚的空间。
　　我会拿眼角余光瞄你，你不要出声。语言是误会的源头。但是，我允许你每天坐近我一点……

　　最重要的，如果你驯养了我，你要永远对你所驯服的对象负责，你要设法铭记在心。

青春学概论

"……这已是接近夏天的一个早晨了。"三毛这么写道，就放在那篇名字和今天同样日子的文章里，大抵因为这样想起了她。符合此情此景。

一个星期一的早晨，我迷迷糊糊地从床上醒来。昨天不小心把空调温度打得太低，以至于我做了个死在极地山巅上的梦，觉得脖子以上冷得毛骨悚然。我抱着蛋黄哥的暖手抱枕，半倚靠在床头，眉目舒坦得像一只安详离去的熊猫……直到想起大后天要演讲，编辑传来几处简报修改还没确认，而我约好今天要给他，于是拖着蛋黄哥走去书房，爱困的凄凉。

《青春学概论》是在校园演讲时的大题目，子标题比如给大学生的《1%的人如何明白把梦想活成大现实》，比如给小无邪的《高中时代必须做的三个梦》，《生不逢时的花最美》一文也是我心仪的标题。跟在校生接触是很棒的感受，一双双澄澈的眼睛发烫，我想起过去有人来校演讲时的心情，想着不用上课听人说说话也好，所以我总对那些来的人说：我和你们一模一样（如果你待会打盹儿放空我也懂），于是乎当演讲结束收到那些听讲者传来的网络信息，说自己很开心、收获丰富等心得时，我觉得充满感动，比拿到演讲的酬劳还感动双倍（当然，演讲的酬劳是少不了的感动）。

每次台上分享的主题都不同，但不会绕过的重点总是三个。一是孤独。

蒋勋的《孤独六讲》里谈到孤独和寂寞不一样。这种普世的情感很简单，感受就能学会，就像没人教我们爱，我们学会了爱人；没人教我们恨，我们却透彻这个滋味。你早就会孤独，甚至是高手。

炊烟对天空炫耀，灰烬对大地夸口，说他们是火的兄弟。都渺如尘埃，却死命地攀附红光绚烂。何必呢！真不必。

你跟谁都没有关系，你就孤独地活着。你是一个人来到这个世界上的，走的时候也是一个人，所以途中常常一人也不要悲伤，众生都是这样。如果只是空虚，何必夸张成寂寞。曾经的我常常空虚，所以找朋友待在一起闹腾，可是后来我一个人，我想念他们，却不再寂寞。独上高楼独自凭栏帘卷西风举杯邀月，有些情绪不必人懂也无法让人懂，只有当我们自在地消化生命不可承受之轻时，才能不在青春里受苦。

谁让青春的我们太容易顾影自怜，同时又真的有时太闷，太闷了。

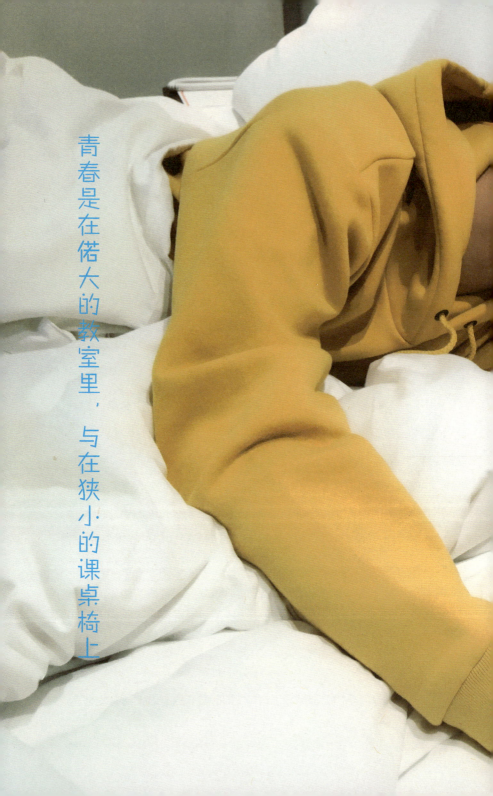

青春是在偌大的教室里，与在狭小的课桌椅上

青春是在偌大的教室里，与在狭小的课桌椅上，所以无法不牵扯读书。说这事不是为万般皆下品，唯有读书高，而是当才华还撑不起你的野心的时候，就安分地待一会儿，学习吧。

　　我不喜见嚷嚷读书无用的人，说那只是一张进入职场的入场券，没那么严肃和高贵，这论调会害惨人。说读书没用的人往往是因为没在读书那儿尝到好处，他从来不想，不是读书没用，而是他自己没用。原生家庭的高贵与否无须讨论，天注定，但在现实的社会，学历往往是一张你能选择的第二出身，怎么会无用？

　　读书这话题总难以说全然。但如果环境允许，我希望你看书，我并非垂垂老矣的古板或者忘记 B612 星球的大人，只是长你那么几天的学长罢了。相信我，世界上很多东西都害人，但翻书学习不会。

　　小学、初中、高中、大学，漫长的校园教育，我可以告诉你读书不重要，重要的是这些年的光阴，它给你一个干净的世界去理解自己。你想奔跑，你想跳舞或者你想飞，都在那些年想清楚，十六年换一个答案，这就是读书的用处了！至于往后，你要在你个人的世界焚书坑儒，高喊读书无用，那也罢。但我相信十六年之后的你，会温润地告诉比你更青春的人：如果允许，读些书吧。即便那时的你确实与读书毫无瓜葛。

三是善良，这最重要，哪怕流连欢场，哪怕不学无术，都不要紧，但是一定要善良。

阳光选无可选，永远地照着这个"罪孽深重"的世界。可是善良是你选择的光辉，柔软地覆盖冰凉的社会。你的宽大不是为了别人的理解，而是成全了你自己不愧对任何人，这样无论跟谁打招呼或者说再见时都显得那么理直气壮，了无遗憾。

我常常幻想。我希望有一天我们不需要幻想这个世界是善良的，或者不用这么庞大的词语，把世界改成社会，改成公众场所，改成网络上。一次我对朋友说不敢置信某某某做出残害无辜的事（你可以将这句替换成对公众人物也好对私人朋友也罢的评论）。他不去思考那人野蛮行径的理由，而是好笑地说："如果所有的人都跟你一样，你又有什么特别的！世界本来就是这样。"他放弃了社会善良的可能，认为"无理的攻击"是必然存在的恶。

我理解他，但我不会同意他。受到伤害时我也会愤怒，我不会像圣人技能点满的主角无条件去原谅，但是我会以直报怨，然后记得善良，在能做到的范围内待在有光的地方，不让仇恨的自私的屠杀的黑色种子发芽。

Drama 剧始祖《雷雨》里头说："我念起人类是怎么样可怜

的动物，带着踌躇满志的心情，仿佛自己来主宰自己的命运，而时常不能自己来主宰着。"我们是身不由己，但是无妨，反正青春就会这么自然地走下去。

青春就是寂寞美丽绝望未来撕裂温柔缘灭相逢邪门天真再见成熟。当因为演讲走到高中，进入白色校门的那一刻我像是看见过去身穿校服的自己，宛如蒙太奇手法，同样炙热的温度烤烫我的脸颊，

同样的一条路，交叠两种步伐，过去的我踏步是为了走向未来，而此时是再访从前。

我们的青春始于你明白青春只有一次的那一刻。记得善良地活着，不属于你的不要追，属于你的用力拥抱。

这样就够了。

先是一个男孩，再来才是作家

写文章的经验很多，集中在高三。那时一点儿苦就能被我扯出一篇乱红飞过秋千去的悲凉，星期一在载不动许多愁的河面泛舟，把写好的文字发到 Facebook 上的私人群组，灰色的云飘进云端存放。但我一点也不文艺。在学校，我跟正常人一样下课去小卖店买饼干，上课盯着时钟想还有几分钟下课，并不会望着窗外或者拿笔唰唰唰写些虚无美丽的宋词。当时 S 读某篇文章时说："我不知道你在难过什么，但是我看了好难过，好可怕的感染力。"却不知写完文字的我情绪发泄结束，照样快乐地蹦蹦跳跳着。

高中一毕业我就不怎么发表散文了。还是写，但是写完就放在笔记本电脑里，跟写日记的感受差不多。因为有些感想我自己隔天看就觉得"至于嘛！有必要嘛"，伴随着害羞的鸡皮疙瘩。

在台湾的第二本书《不怕青春太疼痛，只怕青春没来过》照理该是一本散文集，但后来我把关于"明星煌"的一切都抽掉了，把"我"删除了。因为害羞，觉得赤裸裸地把自己摊开给别人看我的喜怒哀乐，先不说我怎么想，读者要看吗？编辑和蔼地说："看哪！你写小说的时候大家不也看嘛，你的担心是因为想太多了。"那怎

么能一样呢？白子都的俊秀才华、傲娇漫天好看呀！但我是真的！而且我真的很有血有肉普罗大众啊。编辑和蔼地翻了一个白眼。于是乎"我离开"的书变薄了，为了跟读者交代，出版社下了一个决定，拍照片吧！我想了想，拍照跟文章自剖，当然是拍照，何况还是穿着衣服拍照。

摄影飞到了樱花缱绻的大阪，由于这样，那本薄薄的书价格就没能低，一本320元新台币。

在写小说的时候，我是一个作家，有人对我讲"你是一个职业小说家"，不带问号的肯定语气。可以呀，我接受。但是在写散文的时候，我只是一个男孩子，倒了一个我，还会有千千万万个同样的男孩子站起来，如同林志玲高喊一句："萌萌！站起来！"就有无数挺拔得跟马一样的男人站起来。我心里还是有迟疑。编辑说：把你自己放回到文章里，这里的读者才能认识你。

我曾经想过要写几部小说便停笔，但这个数字不包含散文，我没想过。不要写散文，写自己太难，大概就跟林青霞说拍过一百部戏、演过一百个角色，其实，林青霞最难演的是林青霞一样。

我是矛盾的，无法让自己躲在文人安静的书桌后，我错过那个时代了，所以说我连作家这个身份都生不逢时。现在流行网红，你要把自己拿出来，大大方方地放在桌上给人看，逃不掉，因为我活在现实里，暗香浮动会被马路烟气湮没，这也是有趣的，时代的特色，接受它。所以我在写的同时下了一个从未有过的念头，我要30岁退休，把人间烟火风景都看透，然后消失。

悲伤蛋黄哥台大真心小孩子青春文学善良榛果拿铁假期梦幻三月台北蛋糕少年浮华考试床骄傲美熊猫教主吃货花漾高才生慵懒不想温柔睡觉。

十九个名词八个形容词一个动词一连词，这二十九个词组成了我最近的状态，很长一阵子的生活风景。有些是我爱的每日小食，比如榛果拿铁；有些是我的偶像、我生命的分灵体，比如蛋黄哥；有些是我的历史与世界给我的关键词，但我当然挑我喜欢的，比如我看到小学生早晨八点出现在马路上，便觉得自己老了，这种欠揍的感悟经常有，但我就是不会把"老"这个字选入精选二十九里。

而且这串被打乱的词语可以作为以后我的自我介绍，比如"你好，我是一只悲伤的熊猫"，或者"我出生在一个不想浮华的三月"，说完立刻有种我不孤单、李清照牵着我手手的氛围，还可以有"我要一杯骄傲的榛果拿铁"，这个游戏真比拼图好玩，不信你试试。

吉奥乔尼的油画 *Sleeping Venus* 中的维纳斯躺在平原里的模

样，不过就是一个安详的女子。白色与红色像是丝绸般的床单上倚着奥林匹斯山上最美的天神，她沉睡的时候寂如凡人。维纳斯诞生在珍珠贝壳里，伴随着大颗晶莹剔透的梦幻泡沫，这么美的降落，又如何，我的女神她每段爱情结局也都是"全都是泡沫，只一刹的花火"（自带声音的文字）。美怎么能圆满，何况她是美神。

美天神安慰了我一部分写作的彷徨，因为作家都不堪检阅，写出梦幻三千的他不过是一个落地凡人。张爱玲《倾城之恋》连初中生都知道，但初中生更知道她的失败，因为不幸所以才华。在《风沙星辰》中飞翔的圣埃克苏佩里最后落幕在飞机失事。太宰治四次自杀，第五次终于圆满成功……

了解作家不是悲伤就是长叹，但，如果这是必然，那也就罢了。

我先是一个男孩，再来才是作家，总归是普通人，比你普通。哀而不伤的我说。

TWO

如果可以再一次，再一次回到高中，你们要吗？

变成蝴蝶飞走了

春日烂漫的时候去了趟东京（我绝对不会承认那里的樱花有多美，迪士尼海洋有多梦幻，水果千层有多甜蜜，毕竟我是去工作的，才没有玩耍），回到台北下飞机的那一刻我的信息就在机舱空桥嗞嗞嗞嗞地变成辐射电波四散到城市里的四台手机上。

"我回来啦！吃饭先，你们在哪儿？"这个问句是个假议题。我和寂寞林、小兔、W、班长，五人窝在万豪一楼咖啡厅，他们分别从研究室与办公室逃窜出来，并且说我欺骗他们到遥远的内湖。我打开 Google Map 屏幕显摆在他们眼前，上头显示的是中山区（台北有七个区为市中心，中山就在其中），说："你再大声一点说这里是郊外，你看你会不会被内湖上班族拖去厕所。"

小兔："他们想干吗，非礼我？"

"你想得美。"

"……"

一派悠哉的氛围下，寂寞林倚在沙发上幽幽地说："我想变成蝴蝶飞走了。"

我们几个人面面相觑，突然间像是一起被戳中笑穴，没心没肺地笑起来。这是一个集体的记忆，伴随着十八岁那年被阳光曝晒过度的青春。

我是个守序的学生，别人青春期闯过的祸一件也没有，甚至连我妈都曾感叹："咦，为什么你没有叛逆期？"如果非要说有什么是老师可以承受之恶的话，那就是我特别喜欢请假。请假也不是为了玩耍，只是起太早，觉得人生何必如此艰难就请假，上课上到精神乏了开始思考起宇宙外面的世界时也请假，体育课结束满身大汗，觉得自己即将变成一座盐巴（以及不想面对一教室的盐巴）时我也会请假——回家洗澡。

我对他们说待会儿老师问我去哪儿了，就说我变成蝴蝶飞走了！我永远不会忘记他们第一瞬间听到我说这句话时的表情，仿佛我是怪力乱神的小疯子，叼着一只老虎的头。但是他们照做了。我们都有经验，别人的荒唐我们总是有更大的热情去参与。

"小明同学去哪里了？"

"变成蝴蝶飞走了。"小兔说。

"什么东西？！"

"变成蝴蝶飞走了。"

"怎么会变成蝴蝶飞走呢？！"老师显然也对自己的疑问句感到荒谬不已，他没有震怒，只是觉得这群学生淘气得可恶，却又摸不着头绪，"他到底去了哪里？"

寂寞林看着我课桌旁边紧邻的窗户，望向天空望向远方（其实是为了憋笑）："他，变成蝴蝶飞走了。但是他会回来的。"同时紧紧掐着百褶裙下的大腿，据女性可靠目击证人（小兔）称：她真的把自己捏出个紫红色的淤青。

班长脸上的阴郁像是大雨之前的黑色天空，他僵硬地点点头："飞……飞走了。"

三人成虎，五人成蝴蝶。等到我神清气爽地回到教室，他们笑到天灵盖都快炸开来了，哼哼啊啊地转述给我听。

"你怎么会变成蝴蝶飞走呢！乱七八糟！"老师眉头在眼镜上

因为你永远在最好的时光。

高高皱着。

在办公室的我必须踏实地把这个鬼怪故事料理好，否则飞走的浪漫故事就会变成逃课的罪证事实："我就是体育课完觉得有点难受，我家又很近，就回去洗了个澡。"

老师无奈地看着我，"你啊，太任性了，他们还都坚持说你变成蝴蝶飞……"

"太阳那么大，我真的晒得头晕晕的，都差点变成烟飞走了。"

"还在讲'飞走'！你啊！看你那么瘦，身体不好老是爱请假……"后来我挺惭愧的，老师真觉得我太虚弱，偶尔要在家里喘口气，我还从他那里学到了一个成语叫"看杀卫玠"，以至于我总感觉他是担心哪天我真一口气提不上来在教室走向尽头，盘算着还是让我死远点好了。

以这个"蝴蝶事件"作为开端，在欢乐的体育课或者任何让人感到心情闷闷的课之后我都能有一个短暂飞走的豁免权，我私心认为这是我和老师暗自无约缔成的默契，我也不会消失太久，一炷香的时间就会飞回来，继续虔诚地上课，不悲不喜。

青春的校园就是一座被围困的城堡，城外的人想冲进去，城里的人想逃出来。倘若再一次十八岁，我不会再变成蝴蝶飞走了。

"说真的，高中的时候你们会觉得我很奇怪吗？"

寂寞林说："怪啊！谁给你的错觉，让你觉得我们以为你很正常。"

"……"

青春就是这样，一点鸡毛蒜皮的小事都能高谈阔论一下午，就跟当兵的人谈起军中的日子，很大很大的大人们开同学会说起遥远的那些年、当时的谁谁谁……

"如果可以再一次，再一次回到高中，你们要吗？"

没有回答，但我觉得大家的答案都该是肯定的 YES。

"你是个根本不会说如果能回到某某时候就好的人，因为你永远在最好的时光。"

班长说得倒是有理。

　　但那是因为有他们，有叫作朋友的他们陪在身边，所以天真不老，所以盛宴不散，所以青春不灭，宛如神话。如果那年没有他们，十八岁的风景该是一片没有颜色的荒烟蔓草，校园也会比破败古堡还要阴森晦暗。所幸没有如果。

　　致敬友谊，还有那年飞走的蝴蝶。

七封情书

不要在还没幸福的时候就习惯悲伤，错过了，再争取。

凡萍是班级里特别多男孩子喜欢的女神。为此，我翻开记忆数了数，全班共有十九个男性，扣除其中一个女友在隔壁班，一个结缡在本班，还有一个发愿只跟 2D 人物天长地久的疯子男，剩余十六个男孩子，有五个发动过积极追求，有三个爱在心里口难开。

征服一半男同学，简直美出一道彩虹。

但就我个人审美，我始终不觉得凡萍是女神人物，她的脸圆圆，鼻子不是特别挺，人还算瘦，跟女神最相关的大概是头发，她曾告诉我说："你看我的头发是有光圈的。"后来我在电视上看到女明星们代言洗发水的广告，缎带般的长发折射出一道光芒，我才开始对凡萍肃然起敬，自带特效的人多威武呀。

本来我跟凡萍的关系就是一条裤子的联系。我学生时代第一条定制的制服裤就是她带着我去西门町做的。学校长裤的标准色为黑，我定制的那条颜色却有些古怪，平时看不出来，但只要被阳光一照便会散发出钻石般的深沉蓝，为此我还小小得意过。而后来，因为一个朋友才和她越走越近。

每个人的学生时代都有一个同学叫小胖，我就有一个。最好笑的是起初他还不准我叫他小胖，他觉得我叫他是在歧视他，但是全班都叫他小胖啊！好吧，我知道他看我不顺眼，尽管我不知道为什么。有时候别人讨厌你就是天生的，就像我们被人莫名爱上的时候也不会坚持去问："你说清楚干什么爱我啊。"直到有一天电脑课，我看见他在屏幕上查询一部动画片，我说："你也看啊？"

　　"是啊！"

　　"我很喜欢看耶，卫视中文台周六播我都准时看。"

　　他露出欣喜的神色："那你知道……"我们就因为这部动画片成了朋友。

　　你一定会问我是什么动画片，我不告诉你。我这辈子唯二看过两部宅男会看的动画片，一部是这个，另一部是描述两个有神力的少女记起宿命、打击邪恶力量的故事，是我表哥给我下载的，我起初看着很有意思，结果看着看着，怎么女主角的男友就变成了大魔王呢？我的羞耻心让我不好意思把片名曝光，以免往后的青春我都要被人调侃。

　　小胖是个老实人，没有心思没有歪主意更没有头脑，但是特别好相处，一点架子也没有，回想起来学生时代并不是每个人都那么亲切，这大概就是我和小胖很要好的原因。

　　后来班上某男孩子疯狂追求凡萍的时候，小胖突然告诉我，他也喜欢凡萍。

　　我听了大吃一惊，这么精彩的事都给我遇上了。

"我帮你追她。"我说。

"就是这个意思，拜托你啦！"

我喜欢撮合人，我就是天生的爱神丘比特，那个背着银色弓箭、手握金色琴弦的肥嘟嘟男孩。今天的我回顾爱的事业总体业绩，成了几对，也让更多对见面尴尬眼红，从此老死不相往来，但我真的是用一片丹心爱心真心想要帮助这些凡尘男女，看看业绩我忽然有点儿心疼自己。

我帮他制订了一套表白计划。

在我的时代，也就是与此同时所有正年轻的人的时代，写情书基本上已属古行为，约莫在清宣统年间才会发生的事。不过呢，我自己不做的事不代表我不鼓励别人做。毕竟把一个女孩抓到面前诉尽情衷并不容易，还是写字简单些。

小胖告诉我的当天，我兴奋谋划了一夜，我妈看到我的表情都以为是我自己要谈恋爱，大概就是别人在吃面我忙着喊热的那种模样。

隔天上学我就跟小胖说："写情书。"

他发出长长的困惑："要写什么？"

"当然就是写你怎么喜欢她，要写得有特点，说明为什么她要喜欢你而不是别人。就像在卖保养品，走进店里的女孩子没有需求，你就要给她制造需求，她脸白你就说她要保湿，她水分够你就说她脸垮要补胶原蛋白，她脸绷你就说她肤色竟然不均匀，你要成为凡萍的保湿霜、维生素 C 和粉底液，然后事就成了。"

按照我的指挥，早上四节课数数物历他都在挥毫灵感，努力把自己变成凡萍的必需品。我揪过他的课本看了眼，用红笔磅礴地画了好几个叉，顿时间我理解了老师提笔肆虐学生的快感，那一瞬间我仿佛得到了全世界……

小胖写的内容像是一份苍白的四物汤药单不说，主要是字太丑。

"就你这个水平，考试作文印象分数就差了。"

我和他到书店买了一沓蓝色信纸，牛皮纸袋颜色的信封，简约的包装拆开是丰富的我爱你，我的设计理念跟 iPhone 是差不多的，我就是情书界的 Steve Jobs。

我写了一段给他，让他随意镶在信里：

我想陪着你。

我希望你知道，我会尽力讨好你的泪滴，让它们都变成你喜极而泣的原因。我希望你知道，被阳光烧烫的教室和被月光晒凉的操场，因为有你，我才会在那里来来去去。我希望你知道，如果有一天你看上了更好的风景，你可以不带上我自己去，但在这之前，我希望你知道，我想陪着你，如果你愿意……

他折叠纸张，塞进信封，说："就用这个了。"

我成了名副其实的文胆。

他不只借用我的思想，还借用我的字。他追女朋友，我好像更劳心劳力。

我将信交给凡萍，他站在离我两步远的身后。

我伸出手说这是情书。凡萍的眼睛浮现琉璃般的光彩，我猜她的心一定加速跳动，我在盘算小胖会怎么感激我。

隔天一大早，早自习考试的时候凡萍转头把考卷传给我，连同那份牛皮纸的情书。

"你给我干吗？"

"从哪里来回哪里去，你自己看看吧！"

"为什么不喜欢啊？"我在考试前的这句音量引来左右同学的注视，贼溜溜的眼睛一看就是八卦的猫，我在她的脖子边低语，"小胖真的很喜欢你。"

窸窸窣窣的圆珠笔在考卷上填答，在钟声落下前，我还听见了小胖的叹息，他一个字都没说，但我知道他很难过，其中混杂了失败的丢脸与对自我否定的绝望。被人拒绝这件事，无论落在八岁到八十岁的哪个时间段，都很伤人，即便是将军皇帝，要是被女子拒绝了，都会哭到咬手手，所以我懂小胖的难过，我用生命去理解他。

还好他没告诉我他要放弃。

"你会不会觉得我很幼稚？我知道你瞧不起谈恋爱这件事。"

"才没有。"我的确觉得年轻时候的恋爱都很无聊，因为都会分手，因为都是为赋新词强说愁。我想老师们一定很爱我的思想。我是个乖孩子，认为在学习的时候谈恋爱是会——死——掉——

的！但是，我在小胖睨着眼睛瞅我的眼光中，知道他是认真地爱着凡萍，大概就像我七岁那年爱上糖，那时我也想跟糖果结婚，不为什么。

没有攻不下的城，只有羞于战争的人。

为了深入凡萍同学的内心，我开启了电话聊天的工作，其实挺无聊的，两个人平常在学校聊得已经不少，回家还要把单调的风景再数一遍，好像我俩的同学都是不同的人，非要交叉比对确认哪个够讨厌、哪个人的小秘密版本才最新最正确。

每次聊天的时候，我都觉得自己像个特务，不动声色地把她的兴趣和关注话题都烙印深记，鸡毛蒜皮的小事务求捕捉到位，

第二次，我着重强调缘分，我解释给小胖听："比如你爱的歌手正好唱了她最爱的歌，你想去的城市正好是她最爱的远方，你对她的喜欢正好是她没想到有人会欣赏的优点，她一看便会惊叹，原来你比她还要懂自己。"于是滨崎步、东京和英文发音很好听成就了这篇情书。主要由我提供大纲，小胖穿插内容，其实跟他一起写情书反而造成我写稿进度的拖宕，但我为了让他有参与感必须如此。这种好习惯一直保持着。在后来无数次的人生分组报告，我都这么做。你再能干，都必须要让别人插个手，否则你的劳心劳力会变成别人的一句："你行都你上啊！"

小胖在隔壁空教室的墙边把信塞给了凡萍，凡萍一脸尴尬，手指刮着衬衫的衣角。我一看就知道失败了。之后小胖还说了些掏心

掏肺的话，我怕把自己看哭了就别过头离开了。

唉，我真的觉得小胖能成功吗？

但天底下的情侣组合都匪夷所思，所以我觉得怎样，不重要。

第二封情书和第三封情书都被退回，像是无人响应的青春。

那两封信在我手上就是鲜血淋漓的尸体，小胖的。

"你都收回去自己看看吧！"她回过头，手肘撑在我的桌上，托着脸蛋，眼神倦怠地说，"还是你当文艺委员的时候好，黑板上抄联络簿的字好看多了。"

"我这么用心写的情书你看的时候只管评鉴我字美不美，你有没有良心啊！"

"你用心吗？"她在百般聊赖中勾出一个滚烫的问号。

"超级的。"我把两封情书收进书包，不忍再看，"但是没有用，我告诉你，小胖是真的喜欢你，比那些追你的人都要喜欢你，他爱你爱到不知道该怎么办才好。"

第四封情书被退回的时候，小胖哭了。他像是不断漏水的肉包子，肩膀不断颤抖，他没有矫情地45度角仰望天空，而是垂直瞪着地，啪嗒啪嗒的眼泪落在他的球鞋上。我没有安慰他，我不知道怎么安慰他，我这才觉得男人哭起来好可怕，果然眼泪配女孩才唯美。

在他的泪水中，我启动了第五封信。我确实被酸楚了。他可以十八天不吃午餐，下课跟同学伸手要饼干果腹，就为了买一张滨崎步演唱会的票送她，二楼次等看台区 2500 块一张，多朴实的真心。

我有一次看到他在测验纸上抄写我的笔迹，一笔一画，都是拙劣而真心的描摹。如果有一件事我知道自己注定做不好，我可能没有力气去尝试，但小胖试了。一直到最后，他的字依旧光怪陆离，但是有四个字却几乎和我的真假难分，那四个字是：我喜欢你。

夹带着演唱会票的信他送了过去，隔天一早我再度收到退回的情书，搞得我像是邮差。五次的回绝，数量上当然是一种重伤害。这次小胖特别消沉，仿佛不但被拒绝还被人用鞭子毒打一顿再拿辣椒水泼了一身，最后押上车游街示众，满心不愉快，浑身伤痕。

"没事没事，追一追又死不了人，再接再厉总会感动她——"

"不追了。"他重重地说。他像把整个胸腔破碎的玻璃碴子一股脑儿扔下那样沉重。

他的呼吸都是心碎的声音。

何以解忧，唯有堕落。这当然不行，作为一个思想积极直比小太阳还灿烂的男孩子，我当然提供了另一种排解惆怅的方法。我拍拍书皮，给他看《我心中尚未崩坏的部分》，我以

为他不会翻，结果他看了。我像是在给宠物喂食，又像是在做科学实验。第二本书我拿了《瓶中美人》，他还是看了！听过心慈则貌美，而文学使小胖消瘦一些。我是真的觉得他变了，他的眼神变得清淡，投射出一种愤世嫉俗的寡然。第三本粮食我给他《野鸽子的黄昏》。

就这样，某一天上课时他跟我窃窃私语，说："怎么样可以得抑郁症？这样我就可以找医生治好我心里的悲伤。"

我愣愣的，有点吓傻了。《野鸽子的黄昏》这本书背后有故事，真实的社会新闻，当时有个台北的女高中生自杀时身边就摆着这本书，有社会舆论指出女学生就是因为读了此书才触动灰色思想。当然，指摘书籍邪恶是毫无意义的，只是这本书蕴含的能量的确吓人，我当天就把书收了回来。

为了解除令我恐惧的咒语，我去书店买了一本动漫轻小说，是他爱看的《灼眼的夏娜》，我仍记得鲜艳的封面是一名少女穿着制服的特别娇弱的模样，我想让小胖恢复原本的精神，就必须靠夏娜了。

所幸美少女的制服战胜了文学的忧伤，好险！可爱即是正义。

小胖的认真出乎我的意料，于是我更希望他成功。

没有他只字片言的参与，我还是写出了第六封情书，仿佛自己在和另一个平行世界的凡萍谈恋爱，小胖对她的痴迷，小胖对她的憧憬，在我这里开出了另一种花朵。

会成功的，第六，很好的数字啊。我这样说并把信塞给小胖，他傻乎乎地又相信了，还好，傻气的人伤口愈合得快。

清晨七点二十，凡萍坐在木椅上，双腿上摆着一本小小的单字本，一看见我就拎着那个牛皮信封，晃啊晃的第六封情书。

哎呀，我真想代替小胖受伤。

"装睡的人叫不醒,遇见谁喜欢谁都是注定的,谁也别勉强谁。"她啧了一声。

我在她面前拍拍那封信,露出很自信的模样:"其实你对小胖不讨厌,否则早就跟他翻脸了,对吧?"

她退还第六封情书的时候,我觉得她像是懒得爆炸的火山,堆满了愤怒,眼神中流露出烧红的埋怨:"你自己拿去看吧,不要写给我了。"

学期末打扫教室,蝉声叫嚣,张牙舞爪的青春都将要奔赴各自的夏天。

"你要相信有个男孩子会对你很好的,他喜欢你而你也喜欢他。"第七封情书有一句话便是这样,我想小胖或许不会成功了,但起码要在她心里留下一点涟漪,再幸运一点,便能让她往后想起此事就刮起遗憾的大风,不枉费小胖的少男真心,与我写字的用心。

小胖本来不愿意再给,受伤大概也是会累的,我猜。但我说今天不给,你以后想起一定会恨自己,宁可被拒绝,也不要以后有"如果当初……就好了"的念头。

我等待奇迹,而奇迹没有来,时间却把我带走了。

那天,在外扫区打扫的小胖递出手,凡萍紧紧抓住信封,对他摇头,只问:"你是对自己撒谎,还是对他撒谎?"

暑假的小胖在疗伤。他遭受了最炙热的毁灭性伤害,就连录取的学校跟原本的期待差了十个档次也没见他心生痛惜。而作为一个国民好朋友，我花了十分钟安慰他，跟他说些不着边际要他心胸开阔的话，他仍旧皱着一张脸，看谁都像在指认杀人凶手，于是接下来我放他独处，让他学会消化感情，过渡那些寂寞，毕竟呀，不能让他影响我放假的好心情。

我开玩笑的……我把他拽去了木栅动物园看可爱的禽兽跑跑跳跳。

那时候从大陆坐飞机来的团团和圆圆两只大熊猫刚到台北不久，他们好可爱，像是巨大的毛茸茸球滚来滚去。看着这幅毛球滚动图，我忍不住为小胖的爱情做最后的挣扎："凡萍也喜欢大熊猫，你暑假找她来看。"

"你跟我说过啦，之前我就问过她，她说她不喜欢。"

"可是她跟我说她喜欢。"我瞪着让人想抱着睡午觉的团团圆圆说。

"是喔。"很长的空白，他骂了一声脏话，"追不到追不到啦，好烦！"

我其实瞥见了他眼眶湿润的模样，但我假装自己盯着玻璃窗视而不见，因为有些疼痛被人发现了，只会更痛。

"不要在还没幸福的时候就习惯悲伤，错过了，再争取。"

我盯着玻璃窗里的熊猫，想起了那天她郁闷的表情，我对她说，也对他说。

"那么多人喜欢她，那你有没有喜欢她？"

我一直很懒得对爱情加以思考，我想老天真疼我，让我的血液里缺乏动物般的情爱荷尔蒙，这样生活清新多了。直到今天，我都认为感情的事，总归是得之我幸，失之我命，所以那些我爱的人，最后都变成了我最好的朋友，多好啊，我可以用一辈子去疼爱她们。

在我心中，女孩子就像大熊猫，再闹腾都是虚张声势的淘气鬼；她们也都是小飞象，再坚强我都害怕她们受伤。所以像我这样的男孩子，爱情对我来说太复杂了，给我一张考卷写一写还比较痛快。

我盯着小胖，从不由自主的严肃换到装模作样的严肃，最后说："我喜欢大熊猫和小狐狸。"

很久以后，少说是 900 个日子之后，我和凡萍遇过一次。

她问我每封情书如何回应，我的头轻轻侧着："唔？"

你自己看看吧！自己看看吧！你自己拿去看吧……你自己，是我，不是小胖，是让我自己拿回去看。

而我一直都以为是她觉得烦，让我把信捡走就是。

小胖在我的时光里撒了谎。

她的回信。一是荒唐的惊喜。二是流丽的字迹，书桌前的细细凝望的呓语。三是折叠蓝色的回忆，放进心里努力学习，我想我是不是喜欢你。四是害怕失去这游戏。五是你装睡不愿醒，而我不忍心吵醒你的平静。再来庆幸遇见你。最后觉得好可惜。谢谢那是你，成为我没有后悔喜欢的曾经。

"那些还给你的情书，我都复印了一份，放在我的抽屉里，好多个晚上我读书读得累了就拿出来看。我会想，我必须努力一点念书，你成绩那么好，一定不会欣赏排在后面的人，换作是我，我也不会啊。"

"那时候不觉得这样的喜欢很动人。"

"我想我这辈子，都不会再喜欢另外一个人，像我当初喜欢你那样简单而认真。我很庆幸，初恋遇见你，起码现在想起来觉得画面很美好。"

"谢谢你一直把自己照顾得这么好，没让我的过去变成说出口会尴尬的故事。"

"如果那时候你知道我喜欢的是你，你会怎样？"

我抬起一边眉头，乔装出不知所措的表情，希望看起来酷酷的不尴尬。

我想变成一朵云飘走。

"唉，你真的不知道吗？"她的黑色长发染成棕色，一丝飞起，像是仙子的裙摆荡漾着美丽，好像仍有光圈。

"我不知道。"我说。

亲亲校花的百年孤寂

　　我觉得自己最璀璨的时候，不是在大学图书馆前散步的我，不是在电视里嬉闹憨笑的我，也不是在书籍封面上妆容精致的我，而是高中时代穿着白色制服和朋友走在长廊上，捧着小卖店买来的饼干的我。那时候的金色阳光随便一照，青涩而无瑕的肌肤就是世界上最嚣张的奢侈品，每一秒动作调成慢速来看都是打着柔光的文艺片。但我现在走过学校，看见涌出的学生们就像在看《指环王》，飞禽走兽魑魅魍魉，偶尔有几个特别凶恶的走过身边我还有点心悸。

　　"我不觉得啊，以前我们班上的男同学也很多从里到外都……怎么说呢，令人发指？"说话的是我的好朋友德慧，我的高中时代能像一部青春电影般唯美，大半要归功于她，因为她长得就是一脸言情剧女主角的样子，有个女明星叫陈德容，楚楚可怜的美女外貌，她们两个像极了。在我《花漾心计》中有一个叫王姿静的空谷幽兰的美人，原型就是德慧，美到有一个角色，厉害吧？

　　她是我认为的很神奇的一个人，虽然她长着一脸琼瑶女主角的外貌，但是性格一点也不柔弱，对什么情啊爱啊做白日梦啊没有一丝丝的遐想。在感情思维里，花木兰跟她比起来都是个小公主。

电视上常见校花校草满天乱窜，我都觉得尴尬，因为要是长相不到位，那这块匾不就成了砸自己脚的石头吗！但是德慧真的是校花，美到连跟我关系差劲的同学为了追她也要来跟我搞好关系……说起校园植物这件事，我也牵扯过的。

还记得刚入大学时的中秋节烤肉，学姐以皇太后的姿态在钦点学弟学妹的颜值，说实话，中文系就那么几只公的，当上系草就像钢铁人去打奥运会一样没什么好得意的。"别别别，别给我加冕系草了，我……就当系花瓶吧！"我还颇得意想出这么一个称号，回去放在 Facebook 的职位栏上，一摆就到如今。

但校园植物故事精彩的部分在前传，我们的高中。

我觉得在学校的时候我是沾了她的光的。怎么说呢，我们上课走路吃饭打扫都混在一起，女神的光辉也照耀了我半边侧颜，所以在她已经稳稳地担任男心收割机的同时，我也连带荣幸地被人注意。比如我回学校怀旧时，就有男老师眉开眼笑地说："我那时候就知道你会变明星！那一届就你长得帅。"而这个老师曾经在我和德慧一起请假时，在大家面前调侃："……她眼睛大漂亮，男生长那样不好看，男生眼睛那么大做什么！"

我一点都不记这个老师的仇，因为他不是唯一一个……

有一天我和德慧在校门口等别的同学时，教官（一般为军中军官，但派任到学校后也管风纪纠察）从斑马线走过来，问我们俩在那儿干什么，我们说了原因他不信。"要谈恋爱去对面麦当劳。"因为学校门口会有家长在，他担心观感不好。尽管我们真不是情侣，然而这并不重要！重点在隔天教官遇到班主任就说了这事："你们班那个很漂亮的德慧和男同学在谈恋爱呀！"

"哪个男同学？"

"嗯……是？长得还可以，白白的那个。"

第一，我们学校的女学生为了安全考虑是不用绣姓名的；其次，他不是我们的军训老师却能记得德慧的名字，而我深蓝大名挂在胸前，他转眼就忘了！还用"还可以"和"那个"来指称我……事后班主任当成笑话说给我听。"老师，你忘记班平均成绩是谁给你提起来的吗？"我当然不敢这么回。不过事实证明，她就是高挂光芒的太阳，我就是偷着光发亮的小月亮。我一点都不难过，毕竟她因美貌而遇到的糟心事可以写成一套十二集的奇侠列传。

身为男性的我本来不知道同类有时可以自信到一种千古奇谈的地步，自从有个生物研究社的社长对德慧展开追求。德慧用我应付你、我拒绝你，甚至我远离你都表达无效，我听了只哈哈大笑说可见他衷情天地可鉴多感人。

然后我就遭报应了。

一天我去德慧班上找她的时候，我竟然被一个男的堵在门口，还左右不让我走，一张大脸像是复活岛巨石突然苏醒说话："你跟德慧那么要好实在让我很困扰！"

德慧在座位上瞄见我，然后她立刻撇头——无视我！她肯定是摸不着头绪，但是在看好戏！

"所以？"

"如果不是因为你的话我就会追到德慧。"

这时候给我一张纸我就能画出一幅撼动苏富比拍卖会的问号惊世图。如果不是超市苹果汁卖完了我就会征服美国东海岸，什么跟什么啊。

"嗯……她不喜欢你的原因跟我无关。"

最讶异的不是我竟然要解释这么愚蠢的问题，而是他脸上受到冲击的表情，仿佛我刚才说的是白雪公主其实是因为酗酒过度才昏迷的一样。

"那是为什么？"

……

"大脑是一个很好用的东西，希望你也有一个！"

很多时候德慧就是那个飘着紫色长发的女神雅典娜，而我就是铠甲晶亮的黄金圣斗士，每当有匪夷所思的挑战者要来攻城略地时，我就必须变身前去击退他们，尽管更多时候我是被迫的……

并且每次换我想要看她好戏的时候，结果都不太尽如人意。

高中时我一直觉得能看见她谈恋爱的那天，尽管我怀疑那该是怎样的旷世英雄，脚踩七色云朵，手拿雷神索尔的神锤，脸像韩剧男主角，身材如巴西模特……但话说回来，德慧是个脸盲，虽然她也看电视剧，但她一点花痴也没犯过。高中的时候我们一群人特别爱玩"如果谁敲门"的游戏。

比如他们会问我："如果 Jessica 敲门你会？"

"先把每首主打歌都跳一次，并且说出你的愿望要安可，接着让她帮我签名，中文、韩文和斯瓦希里语都签上，还有请她帮我买那本贵死人的夏日写真。哦，自拍是一定要的，如果还有时间的话就跟她用电视剧里那种黄铜锅子吃一碗泡面……"

而我们就会问她："如果 Nichkhun 敲门你会？"

"请问你有什么事吗？"

……面面相觑的我们。

她不缺爱，所有的人都爱她，可是我从没听她主动说过我觉得那个人不错，或者用少女的口吻说我觉得那个同学好帅。如果我觉得自己系统里掌管原始情爱的 App 有点故障的话，那么我想她是被上帝彻底删除了这个软件。

在众多敢对她表达爱意并且是"正常人"的名单中，臣凉是我觉得挺好的一个选手。他跟我们不同校，但一起在小小的补习班上课。对于经常因人生感到疲倦，想要在家放松的德慧跟我来说，他是个温暖的人物，他会借我们笔记，替我们拿好每堂课发的白卷与单字讲义，告诉老师我们身体微恙。

（对，我们爱请假，我们也爱消失在补习班，找寻生命中更纯粹的存在，比如干净而无瑕的笑声：通过看一天综艺节目。）

后来我在臣凉身上发现一个真理，天底下没有免费的午餐，他不是热心公益才帮助追逐自由的我们，而是他爱德慧。但我不惊讶，青春期谁没爱过一两个漂亮女孩。同时他的爱很收敛，以一种我关心你但我不打扰你的方式盘旋。

但是德慧没有回应他的感情。

她是那种不觉得一定要谈恋爱，不结婚也可以，没有小孩也无妨，后来我也听过很多女性这样主张，但她是我遇到的第一个。那时候我觉得她真的是帅气的雅典娜，然后半哀伤自己要持续做一个抗暴击的黄金圣斗士……

臣凉的皮肤很黑，模样挺高。他们学校拥有出名的篮球校队，他也曾经是其中一员，到了高二后期为了专心读书就退出了。他说话幽默，喜欢听 One Republic 和 Maroon 5，下课的时候我爱拿他的手机来听音乐，造就了我现在看见这两个团都有一点心理阴影，像是谁的失败爱情被重复播放着。

德慧不爱臣凉，所以我问他："你为什么能对不爱你的她充满热血呢？"

我的潜台词是你何必跳黄河，何苦撞南墙。不是他们条件不好，而是我经常觉得在德慧那张美丽脸庞底下埋藏的是精密的电子回路，她回到家不需要泡热水澡，只要把头发跟插座接在一起像纳美人那样充电就可以了。等到2050年到来，人类一定会大量制造这样美得不可方物的智慧机种。然后我跟她逛大卖场的时候会对她说："看哪，你已经更新到第九代，功能远远超越 iPhone87 了呢。"

臣凉眉毛浓密，眼底有着温泉般的暖意："如果她要拒绝我，我不会转过身也不会闭上眼睛，因为她看着我说'我不喜欢你'的那张脸也是漂亮的，而且'不喜欢'里面，起码也有着'喜欢'两个字。"

我的大熊猫呀！很多奇葩的事情，如果不是亲身经历你是很难相信的，比如纯真，比如独角兽，比如他像在拍电影的真挚。

尽管我很想吐槽他并没有那么伟大，可是我知道他人好，我知道他还算优秀，我知道他是真的想牵德慧的手。

"不要喜欢一个人喜欢得太深刻，这样会让他对你予取予求的。"

这句话是我告诉她臣凉那番话时，她回应我的。

我告诉臣凉我把他那段话也告诉了德慧，基于好奇，看他们会不会成功，成了的话地狱小天使就会在我的功德簿上写下一行"他真棒"的评语。

他知道后尴尬又气愤地涨红整张脸，伸手就想揪我捶一顿的模样。

"你你你，别动手啊。这衬衫是 Valentino 的呀，一件要一千零五十美金呀，整个台北也就进了两件呀，抓皱了我会报警的呀！"当然，我是唬他的。并不止两件。

我看他肩膀垂了下来，一个高头大马的男人颓丧得像一只找不到蜂蜜的哀伤棕熊，那个模样真是……窝囊。但是哪个人在爱情里没狼狈过呢，永远别嘲笑辛苦耕耘的人，因为你也有饿肚子的时候。

我不会为他出谋划策，因为论亲疏德慧跟我太亲密了，即便我再同情臣凉，他在我心中也是次一等的朋友，我祝福他，也只能祝福他。

"你应该去看看那些你能够爱的，总有个人不会让你爱得那么辛苦。"

然而我没有告诉他的是，德慧喜欢他。

"既然你喜欢他，那为什么不在一起呢？"

"我对他的喜欢是充满好感，但喜欢不等于爱，喜欢也不是非要在一起的那种强烈的感情，更重要的是，我不愿意在遇见对的人时，已经把最好的自己给用尽了。"

德慧喜欢他，但喜欢跟爱的距离有时候就是万水千山。

我们常常懂得付出一切去爱另外一个人，却没看见自己已经卑微得灰头土脸，甚至满身疮痍。一个不够好的自己，怎么要另一个人公平地去爱。

说实话，那时的我认为德慧应该接受臣凉，因为臣凉的性格容貌甚至学校都不差，更重要的是我被他感动了，但是后来到了懂得更多的年纪，我才明白德慧对爱情的原则是不轻易践踏自己。

差一点点的爱情就是将就，差一点点的人就非对的人。

你一次降一点标准，这次的他能力弱一点，下次的他脾气烂一点，之后的他年纪老一点，谈过几场恋爱，你也就渐渐变成那些差一点点一点点的人了。

所以即便一个人有时的确寂寞，也还是璀璨地等着。

珍惜自己，珍重未来。

很多人喜欢谈论爱情，也好奇别人的爱。也许你和我一样，别人并不以悲悯的眼光同情你的单身，只是偶尔体贴地问："怎么不去恋爱呢？"青春也有好几年，遇过一些人，怦然心动有过，着迷执着有过，但却不能欺骗自己那是爱呀。

我鼓励所有的人去爱。很多人以为只要单身就会忌妒恋爱，要么就鼓吹单身是贵族、单身才完美。不不！我会说能爱的时候就该把握，恋爱这么美好，它能够让人想到流泪，甚至还能掩盖生活的不完美，为什么要抗拒呢？

只是有些人总是太骄傲，拿自己的青春去赌。这就是为什么你会看见有人明明美好，却始终在桃花繁盛的小径里独自徘徊。即便是勇敢单身的人，也还是会因为听见一首情歌，看了一场爱得死去活来的戏，才忆起原来我单着呀。

单身非失物招领，只是等对的人用爱银货两讫。

那就这样吧，单身的人也吃饭，也看书，也工作，能够好好生活，只是情感寂寞，认识它最惨的处境，也就无所谓了。这样多透彻！即便单身也是大大地认同单身有遗憾。恋爱固然甜蜜，却又常常具有保鲜期，常常让人遍体鳞伤，常常使人摔得万念俱灰……这也是爱啊。爱情如此复杂，或许我们暂时都无法完美地证明，究竟年轻的人儿要走到哪儿才是对的。但告诉单身的你：你要快乐，终究会有人陪伴你的，毕竟时光那么长，不会总对你残忍。

臣凉约了她看电影，我不说那其中过于悲伤的细节，因为你已经知道了结局。

同样是身为黄金圣斗士的我去替她回绝。

"我会在门口等她，她不来，我不走。"

臣凉是个很可靠的人，所以我至今仍为他们感到可惜。那天我和德慧约出来吃饭，我为他们近在咫尺而没有拥抱的关系疼痛，我乐于看到她起身离席前往那个带着滚烫目光等待着她的人。

屋外下起滂沱的大雨，像针一样扎在地上。德慧也望着玻璃窗外像是海底旋涡般的云层，轻轻地叹："这场雨是不会停了。"

"可是动了心，哪怕是晃动一瞬，那个时候没有人在身边会孤独的。"

"你怎么知道，你因为谁觉得孤独了吗？"

"嗯。"这时稍微理解她的心情，"也在不经意的时候去喜欢过谁，但怕并不是一个人的时候遇见了特别想要珍惜的，大概是贪心，也是鄙视太容易去爱上别人的家伙，那样看起来太廉价了，也许不求回报的喜欢反而更接近我所认同的真爱。"

她明白我的意有所指。然而我为臣凉多说的话并无效果，仍是徒劳。

他在雨中等她。

如果尊贵而无瑕的青春要忍受高处不胜寒的寂寞，我想我甘愿，再说在念书的时候谈恋爱是会——死——掉——的！全地球的老师一定都爱死我，我应该由优良学生去改选年度十佳学子模板思想才对。

她倾着头，细细的发丝在暖光下有金色绒边。"因为寂寞而去爱，这样太卑劣，对他不平等，我也不愿意。"

当我说出"愿生活不再孤独"的希望时，她则是轻轻说出了"愿生活不再讨厌孤独"的期许。

这就是我崇拜她的地方，也让我赞叹女孩子真是智慧的物种。

不可爱的朋友

我舍不得很多东西。舍不得丢掉学生时代涂鸦荒唐的笔记本，舍不得换掉手机六年没变的铃声，舍不得把床头早就不抱的圣诞节娃娃收进箱子……

可是我做过最勇敢的事，就是让你去喜欢另一个不是我的男孩子。这是我最舍不得的一件事，也是我最勇敢的一次舍得。

S是我的朋友。

我爱她，她爱我，在名为友情的框框里。

高中的时候我曾经对身边的三个女生朋友说："高中的时候不可以谈恋爱，除非是跟我。"

S像是抄联络簿一样地谨记在心，她就是花栗鼠那样无害的存在，也像花栗鼠那样蠢萌蠢萌的。

在一群朋友里她不算美。事实上，三个女孩：一个是校花等级的仙女，一个是明媚在社团的小美人，而她……就是一个女的。但如果你以为她的异性缘是最差的那就大错特错了，她是最多男生追求的目标，这其中当然有很多机会成本和Adam Smith所提的绝对优势等科学理由可以追究，然而这不重要！具体的是在两个纤细美女身边勉强一米五九的她显得娇小，但是她的发育却是非常卓越的。

有一次我们在保健室干什么我也忘了，这时候班长悄悄附耳说："那两个男的在看S。"还用稀奇古怪的语调。我"唰"地扫向那两个路人同学，太过雀跃，哇哈哈哈哈地抓着S的手臂说："哎，他们在看你的胸部耶！"我讲秘密的音量让那两个男性黝黑的脸瞬间红得像能滴出血，我抱着歉疚的心情逃离现场。

我常常觉得她们三个，一个是绽放在空谷的幽兰，一个是半面宫妆、盛开在别处的小杏，而S是我在仲春时节，孤身路过城南时落到衣襟里的一瓣桃花。

我们这群老友里有一个男孩L喜欢她。L家里做印刷，他的开销也跟印钞票一样没在客气，但他很老实，我一直担心等他继承父业后会把家产败光，每次都忧心忡忡地对他说："你爸真的放心把家业交到你手上吗？"搞得像是他家股份我有一半似的。到了大学的某天当我又这么问时，他回我："我会找一个经理人管理的。"我拍拍他的肩膀，觉得这孩子长大了……我也是蛮容易被说服的。

这样木头似的他有一阵子积极地约S吃饭逛街，我鼻子嗅嗅就闻见了蠢蠢欲动的荷尔蒙，大概是香樟木混杂酸柑橘的味道。我先是拈花微笑着告诉S，如果有人以呼吸的频率发信息给你又上天下海地邀你玩，那他很可能是对你有意思了。

S 是一个不会说拒绝的人。

如果不是我太了解她，一定会误解她是个善于装傻给男生放线的女孩，但我太清楚她，她是真的傻和十分蠢。

过了一阵子，我说："你跟他单独出去的次数也太多了吧。"

然而她对此觉得"不至于，他就是喜欢我"。

一直到最后她开始发现 L 变得执着，如果约不到她还会小发脾气，但她不敢跟我说，因为我早说过了。

"你就非要到别人明目张胆的时候才退缩，你这不是活该吗？"

"算了啦，我不要理他就好了。"

对我来说，预料到对方心意而自己根本不可能有回应的状况下，越早剪断关系越好。我生性怕麻烦，也怕别人会错意带来的麻烦。看到她以孩子般逃避的迂回战术面对，我在心里朝她扔了三次炸弹。

"如果你哪一天被追求者泼硫酸，我绝对不会同情你。"对于她的天真，我无奈，但对于比我更天真的人，我却想要珍惜。年纪会让我们学会人情世故，但年纪也会让我们痛失天真，所以她是我愿意终生守护的朋友。

"这一两年你还是老实地待在我身边吧，如果有谁不知好歹对你感兴趣，"我拿起银白色的刀叉利落地切下一块冒汁的牛肉，放到嘴里，"那么他一定是疯了。"

我们一桌朋友各自心怀鬼胎，不知道的会以为我说的是"谁那么疯癫竟然会看上你啊"，而清楚全局的，就用三分之一的余光看着 L 苍白的脸庞，剩下的视线盯着继续被我分裂肢解的牛肉。

如果说要我选一个人，在我寿终正寝那天还会依旧跟我保持联系，并且隔三岔五在我碑前摆上一束鲜花、一大盒艳红色草莓，我想大概就是 S 了。

对我们不熟悉的人，都以为我们是情侣；对我们熟悉的人，都认为我们有一天会成情侣。

但我们俩从来不会思考这个问题，因为我们可以单纯地陪伴着对方，我陪她定下她未来老公该有的条件，她听我说我喜欢的女孩在玩弄什么小伎俩。我们的感情是无关情爱的纯粹占有。

她的日子变得很忙，但不要紧，我们还是随时更新彼此的状态。

比如我们高中同学 H 先生最近跟她又联系了。

H 先生是我和校花同学都不怎么待见的人物。我和 H 也有很复杂的孽缘，我们要好过一段时间。他挺受男同学欢迎，却没有过多的英雄主义，这点让我觉得这人没架子，真好，但后来我发觉他只是秉性就没骨气而已，我绝对不会用"窝囊"这个词语来说，这样太伤人。而让我对他画上叉叉的原因是，有一次我问他如果世界上没有法律，你可以为所欲为，那你会做什么，而正好校花同学从我们面前走过去，轻风吹动她的百褶裙摆。

......

校花同学巨细靡遗地理解他的回答后，捂住嘴惊叹："他这个变态！"（儒家有理是：内外有分，亲疏有别。H可怨不了我出卖他呀！）

假使前面所提的不过是无伤大雅的青春期作祟的话，后面这事你肯定也会不淡定了。

高三，有一天S挑动眉毛嘴唇要笑不笑地靠近我："你猜H先生昨天跟谁告白了？他还捧了一盒巧克力在空桥走廊堵那个女生呢。"

"谁啊，哪个人这么倒霉？"

"你的前女……"她的声音随着我瞪大的眼睛等比例缩小。

如果你有意识到我提过我跟他曾经是好朋友，那你就应该明白这家伙多没品，坏透了。

所以在几年后我义正词严地告诉S：

"你怎么跟这种人做朋友啊，你是不是很想上社会新闻啊？"

"看什么展览，他高中的语文课本都没翻完一遍！"

"无聊打发时间，你闲得慌就出家啊，佛祖爱你啊！"

我觉得光是她跟他传信息聊天就很令人发指，于是我拉了校花同学加入了讨伐的队伍，浩浩荡荡地摇旗击鼓。

她说：

"你的脑袋被电梯夹了吧！"

"你有什么想不开的跟我们说啊！"

有一天晚上我带着新写的故事，捧着牛皮纸袋坐在星巴克的大椅子上。S看起来很疲倦，我总是不明白她到底在忙碌些什么，她有太多我不理解的事，比如她百分之八十的人生经营……

我把一沓A4纸递给她，问些你觉得好不好看纯粹心安并不太有建设性的问题。

她的眉头若有所思，我想大概是故事太长而她没兴趣吧。

回到家洗好澡的我将毛巾挂在头上擦着，点开手机屏幕，我看见来自她的信息条满满一排："刚才不知道怎么跟你开口。""我知道你一定会生气。""但是我真的已经想清楚了。"

一股气血冲上脑门，如果是电视剧我就会当场咳出暴怒的鲜血。

爱情最痛苦的唯有二：求不得、舍不得。

我要她爱的人也爱她，我不要她在爱情里受到一丝丝疼痛。

当天晚上我打给远在台中的校花同学。

"你猜怎么样？他们在一起了！"

沉默像是放大的句号排列在我眼前，随后："你刚才跟我说什么？"

她的叹息伴随着笑声，觉得荒谬。

"尽管我跟你也要好，但我觉得你太爱她而她太依赖你，有时候都到了令我匪夷所思的地步。"

"这一次你不是生气，而是很难过而已。"

"你忘记她也有自己的生活，你早该知道，有一天她会交男朋友。"

她用温柔的声音告诉我："你不能要求她永远陪着你，N，这一次你该放她走了。"

你放她走吧……

乌鸦在天空嘶哑，野兽在远方哀鸣。我趴在桌上，耳机里播放着柴可夫斯基的《六月船歌》。我看见湖面有颤动的涟漪，小船轻轻摆荡，我在这一端，而S在另一头，她悲伤的眸子像是深秋快要下雨的天空，潮湿而深邃，那个目光是对我特制的悲恸，不需要我回应，仿佛她轻轻说"我走啦"，然后就坠入了水中，我低头看着湖面，只有白色的泡沫和泪流满面的自己。

"你要知道有一天如果你不快乐，我会是第一个笑你的。"

"你才不会。"

"我不会祝福你的。"我的微笑发烫而真挚，她也是同样的。

我希望会有一个人像我一样爱你。

我希望悲伤永远对你迷糊，幸福永远对你眷顾。

我希望你喜欢的那个人，会用世界上最温柔的眼光对你说"我也爱你"。

后来关于我的死亡结局，我涂改了镜头，为了避免没有人给我送花和点心，我想我的最后一刻干净利落就好。

请用最美的木桩穿透我的胸膛。

请用最亮的香槟杯盛满我的热血。

请用最芬芳的花朵埋葬我的尸首。

我飘在高空看着瞑目而浅笑的自己，我哭得轻松。

因为我终于还是弄丢你了。

我舍不得很多东西。舍不得丢掉学生时代涂鸦荒唐的笔记本，舍不得换掉手机六年没变的铃声，舍不得把床头早就不抱的圣诞节娃娃收进箱子……

可是我做过最勇敢的事，就是让你去爱另一个不是我的男孩子。这是我最舍不得的一件事，也是我最勇敢的一次舍得。

一流之路：一路流着眼泪的那条路

台湾大学的校园恢宏而细致，它是历史中不动的城堡，一代又一代的文化贵族走进大安区，学习、陶养、精造，最后炼成一把锋利的剑走向社会。有数据说台湾政界人士有百分之五十曾就读于台大，有人称说台大完整校地占据台湾百分之一的面积。种种说法都证明了一个事实，台大粗厚的根脉扎进土壤血液，搭建起壮阔的帝国，风雨不倒，百年光芒璀璨。

世界名校一百间，学生却比漫地蹿生的小草还多，想进入金字学校大门，腥风血雨，刀光剑影，各展本事之后才可以。

很多很多人会跟我聊起，当初你考进台大难吗？

说容易怕辜负自己的曾经努力，说难又不足以概括所有滴落过的泪水。"总归是上天安排，和一个朋友认真念书才进来的。"回忆起来，看时光那头白马宽容走过，它带走了课桌椅上的疲倦，带走了因幼稚而受的伤疤，也带走了那些年一起刻骨学习的好友。

备考那年，秦同学是我的伙伴。他认真而高冷，很多时候我在

他来回专注于课本和黑板之间的面容中，看见了伏地魔的影子……

他渴望成为台大学生，甚至我在大学前所有对台大的认识都是他告诉我的：QS 大学排行第六十八，五百亿经费的针对对象；校园里有一片醉月湖，湖里有天鹅；傅钟响时不能数，否则期末会被挂科的传说……临近考期，他还给了我一本褐色笔记本，上头印着台大校徽。

第一页他就写着斗大的"目标台大"四个字，看得我从细胞中产生了一种类似于害喜的反胃感，太吓人了！所有高中生燃烧灵魂为了进最好的大学，仿佛这是人生的尽头，而大多人的结局非死即伤。

十七岁的我们与全世界错过，青春颠沛流离，只为了大学那张纸。

考大学这件事，一点一点地摧毁着身为学生的幸福。

不可怕吗？

每每晚自习那种风雨欲来的高压让我一秒钟都待不下去，我忙着跟秦同学抱怨这些小惆怅时，他像是不会疼不会哭的机器人幽幽地把头从书本中抬起，对我说："考试不是活下去，就是死掉。"

他的眼神比刀子割人，"升学是多大的事情！不仅是作为学生的我们，甚至很多人的爸爸妈妈都蹚进这浑水了！你觉得呢？没有什么好抱怨的，每个人都这样痛过，爱读不读。"

我从教室抓着小熊软糖逃到走廊。他翻完了一本英文杂志，写完一个数学单元习题，又琢磨了一下碱性溶液和二氧化硫纠葛的关系，并且排好了更晚的复习进度表后，就出来安慰我这个好朋友……我以为他会说"累了休息一下也好"这类通俗而温馨的句子。

而他望着如黑色斗篷呼呼翻动的天空，说："你听，夜晚的风像不像恶魔在咆哮？"

我从此不敢奢望他给我一点安慰，差点没心里创伤，吓得我支离破碎的。

他这人说话特别艺术，比如他会说："我认识一伟人，他家境特别不好，连饭都吃不起，可是他很努力，没饭吃也很努力，结果啊——"我准备要听逆袭翻身的际遇，振奋地说："他后来当上财团老板？"而他接续回："他后来就饿死了，主要是家境太差的缘故。"

……这人开玩笑的语境都离地狱不远。

但是他的话打破了现实，哗啦哗啦满天玻璃碴儿落在我身上。

大概就是走廊那天起我开始做噩梦，然而漆黑的夜空下被升学撕裂得体无完肤的人多的是，噩梦起码还有梦，更多和我一样年纪的孩子，他们没有时间脱下白天沾着汗水的制服换上柔软睡衣，他们热泪盈眶的视线扫过无数几何与分子组合，红着眼熬过一个又一个孤单决绝的夜晚。

升学真的是一件很血腥的成人礼。

学生为了考上一所好大学无所不用其极，大都市里的学生，十个有十个都补习，差别只是补一项还是全科。秦同学也补习，我也是，不过我俩不在同一种状态，我常常觉得心好累夺门而出，而他就算眼前山崩也要完成读书计划才肯撤离。他会解的题目我能掌握七成，而他不会解的我大概就能看懂题目前七个字……从那时候开始我觉得他像天神，而我不觉得自己是神，只觉得我总能猜对哪页重点会考，运气成就实力的小确幸。

他也是个很会写故事的人，他爱把故事打印下来放在一个牛皮纸袋里给我，我会在上课时间偷偷地翻，然后一整天我们就讨论他的故事有趣还是惊悚。他是我见过最有才华的少年，他应该可以成为比我更青春璀璨的作家。

我曾经在夜空下许愿，许过我要成为作家，祈祷圣诞节那天餐厅不会客满，但我从来没有许下让我进台大的愿望。我依然记得考前我在胸膛里低语的请求是：请让我考完试后不会想要哭。真傻！现在想起来都觉得自己怎么在夜空下这么卑微，可谁不是？在残忍

如战场的升学考试前，我们被压力与他人的期待践踏得鲜血淋漓，十二年呀，小学、初中、高中，最后迎来的终极杀戮，成王败寇，说起来谁都一样。

大考前的模拟考，我有两个科目考得非常烂，其中一科还是手残画错卡，我在心里怀疑自己脑袋是不是被砖块拍了。但我还是用活泼的语调说着前途美好，假装我不痛，而他一脸平淡，不过说了一句话就让我不敢眨眼睛，因为眼泪很容易就夺眶而出。

"你很害怕吧，如果这是大考那天，该怎么办才好呢？"

他叹了口气，然后诡异地盯着我苍白的脸蛋，笑说："你一向运气好，老天不会忍心让你考试失利的，上天疼笨的人，你放心。"这是他的安慰，仅此一次，特别铭心动人。

终于考试还是来了。

而我不知道他为什么考砸了。

老师手上的成绩公布单，留心一些便能看见其他同学的级分，而我在看见他的分数后还曾与他四目相交，他笑了，那个笑容像是在沙场上吐出最后一口鲜血的士兵，没有话，没有喘息。我知道他真考砸了，我知道他死了。

我热泪盈眶地看着他的结局。

他那么憧憬过，后来什么都没有，什么都没有。

有人告诉我他重考了，群组里看见有人提及他没再入学，有人说他变得臃肿还跟奇怪的人混在一起。他的结局我都不知道了，也许是大脑会自动把伤人心肺的记忆剔除，也许是好多年刻意不想，久了也就真的淡忘了细节。

几年过去，台大对我来说就是发散着杜鹃花气味的椰林大道，当一群满脸兴奋的孩子走进校园巡礼时，我像是看见新开的花一拨一拨绽放，我希望他们能一直笑着，没有哀伤，没有谁阵亡。

后来，我走过醉月湖，看见天鹅抖擞地滑过水面，我在舟山路的小卖店看见印有校徽的褐色的笔记本，我听见纪念傅斯年先生的傅钟悠悠荡荡，我看着湛蓝壮阔的天空眼睛很酸，我忽然很想哭。

发榜那天，他给我传来的信息："恭喜你，我不读啦。"

青春之巅

学生的升学问题永远是个热门问句，而紧接在后面的，就是毕业生的就业问题。你看年轻人多苦，长久与"问题"挂钩，而解答却都是别人说。有在新闻媒体业工作的长辈问我，你说说你们现在年轻人的就业情况，怎么选择，有什么考虑……我帮他说出了一个实话，他想问的是什么下场！

"你们这些年轻人在出了学校之后，究竟落了什么下场？"

在毕业之后，在就业之前。

在心还温热之后，在灵魂冷却之前。

我一直觉得这是相同的意思。对于生活惬意的一群人来说，青春是逐渐腐败的过程；而对备感压力的人来说，青春是一开始就腐败的事实。

回首自己的大学与后大学时期，身份转换的症结点在于：我是怎么变成作家的？这个问题越来越少人问我，仿佛大家都接受了你

本该是这个身份，就像不会有人去问钢铁侠怎么变成救国英雄，只管他怎么打坏人。

当时考大学，我告诉老师说我要填中文系，她左劝右劝，差点没把自己的心肝挖出来表达她有多真心，她用诅咒一般的声调说："你有才华，但不要念中文系！那会埋没你的才华。"多吊诡的一句话！那时候我不懂，可是如今我明白了。热忱会被消耗，梦想会被灼烧，中文系会让一个才子染上读书人的酸气，关于这点，写有《背影》的著名作家朱自清还写过一篇《论书生的酸气》。

但让我轮回再走一趟，我还是要念中文系。爱你的选择，并不是知道它有一百项优点而喜欢，而是知道它纵有一点不好，也无损于我对它的爱。

后来，也有无数更年轻的同学说："我也要考台大！"

我写过一本关于励志的书，我励志了他们，他们誓死追随兴趣，奔着我这个曾经成功的模板，但他们对我说想考中文系，我记起了当时老师的话。

中文系太多学生四年一场荒唐梦，毕业后在社会上蹒跚地走着。我就在这个圈子里目睹那些人的鲜血淋漓，我触目惊心，我负担不起今日的美梦变成明天戳伤他们的玻璃碴儿。

"你要想清楚啊，真的非中文系不可吗？"我这么对演讲后来找我的同学说。我的五官比当时老师的更忧愁。

台湾的学生如何选择他们校园生涯的最后一里路？

台大五十四个科系。大一的我进入学校参加新生营队，遇见了机械与资工，这两个系的男孩子骄傲而彼此较劲，他们都分别跟我说自己的科系很棒，而我像是一个杵于王之领域外的安静诸侯，在帝国的五十四区势力中平静而孤寂。

而比他们更骄傲的是医学系。医学至今仍是台湾最热门的目标物，每年都有无数的高中生奉献自己新鲜的肝彻夜未眠，不死不休地就是要闯进医学系。我有一个家教学生，教了他初中，他进了第一男校，三年后我接到他爸爸的电话，请我再次教他作文。他的志愿是台大医学系，我问他如果没有考取呢，他说再拼指考（即指定科目考试，是台湾高中生的第二次能力测试，学生可以自己决定考哪些科目，最后依照分数高低决定读什么学校）。

后来他成功了，我觉得他很棒，可看着他青涩的双眼我却感受到饱满的辛苦。

我们学校一个理工学院的学长毕业后设计了一款 App，非常成功，不但在日本市场推出了，还弄了什么 A 轮融资。有一次我们聊天，他问："你觉得是医科学生听起来厉害还是医生？"

我有答案而不解。他说："医科学生吧！"可见大家都是一样的，所以教育制度是奇怪的！它造就了一个金光闪烁的学院学生，却在他踏出校园的那一刻剥夺了他的璀璨铠甲，在他的脖子上挂着奴隶般的铁环，熬夜、爆肝、工作纠纷……一切忙碌到主治医师等级会变好吗？不会，五十岁的主治医师依旧忙到深夜，苍白的脸孔与虚弱的声音，当然啦，该有的数十万薪资不会少，如果你有闲有命去花。

站在风口，我说："医生还是很好的，社会地位高嘛。"

学长笑起来眼睛眯成一条线，像是站在宫墙上狡猾的猫。"你真善良啊。"他说。彼此心照不宣，若真的这么好，我或者他，当初怎么不去。

缓缓几年过去，有些人一踏出校园便与学生生涯从此诀别了。有人去当了业务员，有人进了制药厂，有人到手游公司做营销，有人进入媒体做编辑。但所有的心情都分成两种：我还不知道我想干什么，我从没想过会变成今天这个样子。

　　"告诉我你们年轻人在想什么，你们怎么跟社会接轨，台大也好，那些台湾的年轻人也好，你们怎么选择你们的未来？"报社的长辈嗓音沉重地问，我看见他密集的眼角皱纹，还有一沓滚烫的忧愁。

　　深夜，我拿起笔写着我自己的悲欢离合，我忽然发现自己跟所有的朋友一样，青春都被折叠，爱恨都被浓缩。站在青春之巅，看着任性与天真跌落云端，死得轰轰烈烈。而在长大这条路上，我们是跪着也要走完，至于之后还有没有力气站起来，也许早已经没力气再去想了。

THREE

花一开就启程吧！◣

花莲，一个像天堂的地方

　　这是一段关于天堂与爱的记忆，天堂是花莲，爱是我的两个朋友，他们被一段旅行包裹了起来，在我的海马回中变成一块晶莹的琥珀，闪闪发光。

　　一个漫长的假期，我瞪着热得义无反顾的太阳，挂着巨大的墨镜动也不动，以至于我看起来像是一个在生闷气的盲人。那些在玻璃窗外的行人影子沉浮，仿佛下一秒火焰就会从黑色的柏油路烧到他们身上。对感情充沛的人来说，没有爱的地方就是炼狱；对此刻面色如霜的我来说，没有空调的地方就是炼狱，还要加上"深渊"两个字。

　　擦得发亮的玻璃窗前有一个年轻男子逐渐逼近，他穿着黑色的西装、白色的衬衫和精心刷破的牛仔裤，看上去跟好莱坞的偶像小生有七分像。他定定地站在我面前，接受阳光的沐浴，整个人镀上一层毛茸茸的金边，看上去跟正在自杀的人有九成像，那热死人的温度，我走出大门刚好参加他的葬礼。

　　这人是 W，一个闲不下来的人类。起初我不把他当朋友，但是当我临时想走路想吃饭想看电影时绝对有空的就是他，甚至连去补习班试听他都说"好啊！陪你去"，但我听的是化学课而他是个文科的学生……这归咎于我有一个校花好友，太多男的为了她做出匪夷所思的无用功。

"天气这么好，大家约一约出去玩。" W 说。

台北的盛夏 36℃，我自觉体感温度 63℃，这样一片光明璀璨的天空我是试灯无意思、踏雪没心情（如果有雪的话）。我思考倘若空调房里跑出一只肚子饿着的霸王龙我会不会开门逃出去，最后我得出了自己宁可在空调房里流泪，也不要在烈日下流浪的坚强意志。

我背着一个蓝色的背包，像是青春电视剧海报的那种拍法，站在车站前抬起下巴，如果有人看见我热泪盈眶的眼睛可能会觉得青春就是瞪着天空都能悸动不已的年纪啊，但其实我是在想，太阳神，我恨你!

三个人，W 和校花站在我的身后，我们坐着史上最美列车，由入围格莱美的设计大师绘制车身的"普悠玛"号先抵达台东，为了看金城武……的那棵树。然后才到花莲，像是女神裙摆一样秀丽的地方，群山是不动的背景，画面萦绕着这里，美得如都市人梦里的遐想。

杨牧将花莲说得非常诗意可爱：

容许我将你比喻为夏天回头的
海凉，翡翠色的一方手帕……

容许我将你比喻为冬季遥远的
山色，清玉的寒气在怀里
素洁呵护着一群飞鸟无声掠过……

三月的羞涩和四月的狂烈，诗人真的好生浪漫，比如我要说台北，我会说请容许我将你比喻成穿着 Prada 的黄金（语气停顿）圣斗士……

我们很快到了瑞穗牧场，黑白的乳牛蓝色的天，绿色的青草毛茸茸的褐色鸵鸟。鸵鸟嚣张的面容给我留下了很深的印象，它用那双漆黑的瞳孔朝每一个游客翻白眼，拽得像是披着 Fendi 皮草的贵太太，但是，发觉它作为一只鸟却不会飞翔，这就跟作为迪士尼公主却没有自己的主题曲一样，我只好还它一个同情的眼色，它仍旧冲我翻白眼。说到这儿，这儿也可以喂鱼，当时我瞄着闪闪发亮如撒了一把钻石的水面，再次感叹：这太阳真大啊……

在 W 和校花在池边嬉笑怒骂的时候，我去喂食自己，白色鲜乳做成的馒头记得尝尝，还有鲜奶炸馒头你晚一些到就会卖光了。重点这里是免费入场！免费停车！台湾最讨喜的一点，就是明明可以拿来大肆营利的地方都纯美得像小呆瓜。当我们踏上异国的地，瞪着断垣残壁和萧瑟的景，对自己刚刚掏银子买票的行为大感后悔时，不由得感叹我们的民族性真叫善良，唉。

来到花莲自然不会忽略那个神仙的花园——太鲁阁。去年有一名韩国游客在 Instagram 上发布了一张太鲁阁泡汤的照片，所有倾国的美都是同一种结局，热追、热捧再热议，当天就立刻登上热门首图。其实照片里的文山温泉已经禁封七年，但人类天生对"禁入""秘境""世外仙居"怀抱至死不休的好奇心，目前这里似乎以半开放的方式存在着，所以我不知道当你来到这里时能否一探神奇，一切全凭天意。不过这样好像又使这儿更飘逸了。

我私心觉得太鲁阁最美的地方是燕子口，大理石峭壁就有种武侠片的磅礴壮阔感，立雾溪的水澄亮如水晶一般流淌着，两侧凹进壁里的洞穴就是这个地方名称的由来，在春夏之交常常有小雨燕呀、洋燕呀飞来筑巢、觅食，形成自然富贵的"百燕鸣谷"奇景。不过呀，近年来游客太多，小燕子不怎么爱来了，所以我说人类呀人类，你们……

如果你跟我一样爱吃甜食，那你要到光复糖厂，这里有很多很多很多的冰，清冰棒滋味甜而爽口，芋头冰激凌浓郁，鲜乳的让我想到园游会时总出现的棉花糖，单纯的小美好，到这都来一支就对了。

W和校花在湖心亭前的桥上看风景，在看风景的我在湖心亭里看他们，少男少女良辰美景的画面真比安哲罗普洛斯的长镜头还要朦胧。我会看他的电影是因为有人告诉我他的画面有着悲伤的美感，"跟我看着你挥拍的感受是一样的"。说话的人当时盯着正在打桌球的我。我实在很困惑我是怎么悲伤而美地把球打击出去的……但当我看着眼前的他们时却有种悲伤的理解，一个人爱另一个人是很清晰的，而一个人不爱另一个人，也是很透明的事实。

一路上我们追逐着美移动，如果你问我地球最美的东西，我不外乎想到四个字——风花雪月。而这里要看花，花东纵谷有一片花海长廊。

花莲的最南端，富里。动画片里常出现主人公望见一大片浓得化不开的花海，跟 CG 特效一样，黄色或红色绽放填满视野，富里就是这样一个地方。成片的油菜花海，黄黄点绿绿，像是在调色盘上抹开纯粹的颜料罐，站在这儿拍出来的每一张照片都像套了清新的 App 滤镜，美过初恋。

而这里最广为人知的是六十石山，游客会到这里赏花、赏忘忧、黄花、鹿剑、鹿葱、萱草、丹棘、疗愁，这都是同一种花——金针花。这花好厉害，因为它不只好看，还好吃，在台湾很多快餐店的汤里都会放金针花。Coco Chanel 说自己早餐吃山茶花，优雅得乱七八糟，我不建议你也去啃山茶花，但是推荐你吃金针花，柔软不失扎实脆口。

水绿山青风日美，此时正惬幽人意。花莲就是这样的地方。

你是花，她就成了白玉瓶；你是水，她就变成海洋。没有一座城市会如此谦卑亲和，到了大阪，规矩的静谧会让你安宁下来，但那就像是徒步走进自习教室，你会迫不得已放弃吵闹，而到了花莲，你会自动把不安分的魂魄脱落，变成一个波澜不惊的夏蝉，只记得叽叽叽叽地歌颂眼前的美。

小时候父亲常常带着我到处旅行，他是个极爱享受生活的人，我对于饮食和旅行的喜好就是他种下的因，他甚至会帮我跟学校请假，把机票时间延后。"旅行很不容易，你要有时间有心情有健康的身体才能完成。"他说的这句话我很多年后才深刻认识到，真没错，现在忙碌的生活中，一有空我只想倒在床铺上抱着一本厚厚的小说天长地久。这就是为什么我愿意和 W 他们出来玩，没有动力启程的人需要别人给借口。

在花莲的最后一站。

我们住在一间小旅馆，那个床小得让人无语，而且还只有一张，不过夜晚那张小小的床根本没发挥作用，凉风为枕星空为被，我们在木头搭建的朴素院子瞪着幽暗的天空一整晚。

都说旅行是认识自己最好的方式，因为所有的脆弱都会在不熟悉的环境中暴露无遗，胆怯无处安放。

W 看见我拿起一本笔记本写写画画。"喔，拜托，你真的很

over。"他拿着 iPhone 玩着 Marvel 游戏对我说，我伸手把他的手机屏幕嗒地关上，他的钢铁侠铁定被我弄死了。其实我也不是写些多有深度的东西，他可能幻想我写的是《水调歌头》还是《鹊桥仙》，但其实草草字迹下不过是注记要"记得选课"和"查询课程评价"。

W 抢过我的本子："以为你写小说呢。"他也爱看书，不过只看那种当红的，什么畅销看什么，虚华！好莱坞电影改编是他的最爱，所以他作为一个风向标意义的读者还是很有用处的。他曾经说过我的故事里对美有种扭曲的坚持："你写雪，写水，写星星月亮的光，写花的香气，写雨飘在空中的那个刹那，你写一切跟梦幻有关，这些词语高频率地出现，比如你最爱用'干净'这个词，偏偏你笔下那些干净的人最后都死得惨烈。"

"这叫风格！"

"所以你心理变态，你很少描写幸福而把悲伤写成论文，你白描微笑却用一百种不同的方式说明眼泪如何掉下来，像你这样的人最容易想不开，或者抱着一颗樱花树撞死自己。"

我懒得反驳他，我知道他现在心情很哀伤，因为他跟校花告白失败了。我想以后花莲会成为他的伤心地。

他说五月天爱用的几个词语是永远、快乐、伤心、疯狂……后来，在这场旅行之后，我又写了一篇故事，在他的数据分析中，我最常使用的一个词变成了温柔。

隔天一早 W 就离开了，无预警地提前离去，留下一张字条说："你们继续好好玩，我走了。"旁边摆着两盒淋着粉红色甜酱的蛋饼（但他们家最有名的是米糕）。我气死了，他竟然用这么华丽的方式退场，反倒是捧着字条的我只显苍凉，而且这么文艺的举动要做也该是我！

要拣选一个地方分享，脑子里闪过很多选项，可能是我肚子饿，或者本来就很贪吃，所以我想起玉里面，所以

我想起花莲。玉里面是我心中花莲最好吃的一道料理，它很简单，一碗油滑 Q 弹的黄面配上清脆的豆芽和几片薄猪肉，青葱提味，滚烫的大骨汤香气与弹牙的面滑入口中的那个瞬间，人间美味是清欢，你吃过这滋味就能明白。

不说清最后一个景点是花东线的哪个车站，这是我的私心。我怕太多人都知道了，拥挤爆了，我就再也去不了了。太多太多美丽的地方都被浮华气装修得别致玲珑，但人性自私，一方面生活在世界时髦的城市当中，却又要求那些与传说共生的地方永不前进，停留在记忆中最美好的时代。

其实那里已经装点了起来，从四五年前台铁花了两亿三千万装修车站的时候，就已经奠定那儿成为东部一景点热区的事实了。

后来我去过很多地方，听过灰蒙蒙的爱丁堡音乐节，看过风车村斑斓的阿姆斯特丹，游过塞纳河昂贵的河水……但最有温度的是最近的地方，花莲真的很自然很流丽。多看一眼，多爱一点，一座城变活了起来，现代人的脚步太匆忙，这"多一点"都是奢侈的向往。我想人与一寸地方之间共动的美是不会给予忙碌过客的。现在我很想到花莲走走，只是少了会死缠烂打硬把我从台北城拖出去的伙伴。所以说旅行要出发也是不容易的。

那次旅行在很多年后成为记忆中不败的花，艳丽像玫瑰，清香如栀子。

当火车离花莲越来越远时，我离真实世界就越来越近。每个人都有自己的香格里拉，比如瑞士有萨斯谷、南亚有不丹，我们的人间仙境在花莲。返家的时候我跟花莲渐次疏远。我靠在微微板荡的椅背上，想这一趟旅程，想先走的 W 和披着长发睡着的校花，四天三夜在橘色的天空雁字形散开，远方山野香气成群结队地回归到我的身边，那几个夜晚我们在漫天星辰下思想透明，干净地说着青涩的爱与恨，然后在列车停靠台北时全体美好被遣返，我不知道他们被送去哪里。

天堂在远方，远方无舟可渡，我是谎称忘记路线的武陵人，却把世外桃源的方向报给你知晓。

花一开就启程吧！

新竹内湾是一个可爱的地方，在我还是一个完整的小孩子时，我经常跟家人到那里旅行（我认为当小孩有了过多的喜怒哀乐，他就是开始出现裂痕的白瓷，迟早毕毕剥剥地炸了一角或者整尊消亡，于是成为大人）。

我再次提起内湾是为了推荐给一个朋友。她刚刚从一段四年的感情中被驱逐出境，她把在百货的工作辞掉，只因她和前男友的相遇就在专柜上。她说觉得自己这四年像在原地踏步，没长进，没好的经历，没意思。

"只要有想去的地方，就不算在原地踏步。"她悲伤的面容像是让雨水打湿的茉莉花，我盯着她说，"去旅行吧，内湾很近，很美，而且很舒服。"

那里有一座吊桥，台湾"中视"一出清朝剧还在那里拍摄过。男女主角在漫天的大雨中奔跑于桥上，说些爱与不爱的话，浮夸但有氛围。桥面不窄，人很多的时候些微地摇晃，桥下是清澈的溪水和石头，常有年轻人去那里烤肉戏水，画面看起来格外清爽自然。

如果你初到台湾，我也推荐你来内湾，他是一片沾满绿色颜料的淡水，大片大片的叶子树，天空很蓝白云很高，一路上飘散着野姜花的香气。多数人听说过淡水老街，那里是带着盐巴味道的湛蓝水色，内湾老街则是挟带浓郁花香的绿色山光，更幽静，充满情怀。我童年的那个内湾是可以蹦蹦跳跳一路从火车站出来的台阶冲到大街上去的，人不到假日就不多，萤火虫也没那么慌张地对着游客发亮，这里有全台最佳赏萤区的美名，到访这里不妨驻足观赏萤火光芒。

既然是老街，美食自然多，野姜花粽、炸杏鲍菇野姜花（炸花！厉害吧）、客家料理、高粱香肠……麻薯一定要吃，台湾很多地方都有麻薯，但是内湾的麻薯特别好吃，像甘甜的固态奶酪，沾上花生粉，一团一团的那么蠢萌又可爱。

在内湾老街的尽头是内湾小学，我对这样朴实而青翠的学校感到神奇，这边的小孩是真的活在乌托邦里，没有竞争攀比，没有狂妄与欲求。小时候我曾想过，他们有一天会离开温暖的家乡到车水马龙的台北生活吗？都市人常常觉得自己活的姿态很美，却在老的时候拼命地往外跑，往有山的地方，往有水的地方，往有爱的地方。他们带着一沓一沓滚烫的钞票、疲惫不甘的身体、摇摇欲坠的灵魂说："还是乡下好！"可是那些最美的存在是他们逃亡时才会驻足的地方。

看着那些小孩子，汗水在他们黝黑的皮肤上发亮，笑容干净，我忽然很同情自己，真心地笑出来并不容易，想要的太多，得到的太少，大家都这样，可是这里的孩子没有那些布满灰尘的烦恼，因为他们很无瑕。

高中的时候我带朋友来玩过，还记得是大学学测一结束，我们五个人挤在一个大房间。现在的我们到各处都要独立的房庞大的床，这样夜深人静的时候才可以细数比房更独立的孤独与比床更庞大的哀伤，说白了，是越长越大朋友很难再陪着你说旅行就旅行，说逃亡就逃亡了。

回想起来，内湾是一棵绿色的参天大树，时光落下银白色的灰尘，覆盖在小男孩柔软的睫毛上，爱追忆似水年华，马塞尔·普鲁斯特说："回忆中的生活比当时当地的现实生活更为现实。"可不是嘛。

在内湾小学的爬坡处，一个巨大的涂鸦着大象图案的滑梯旁边有樱花，当我猛然想起那片粉红色时，我是欢喜的，因为我忘了！是谁说过"发生过的事情不会忘记，只是暂时想不起来而已"。唉，你一定要来看。我知道你可能看过壮阔如莽原爆发的樱花海，或者像动画片樱花扑满如镜子水面的景象，但是内湾的樱花很特别，她给人一种健康的感觉，没有悲伤的萧瑟或者迟早要坠落的凄美，灿烂如阳光。

如果你是搭乘小火车来的，那你会穿梭在桃红色绯寒樱当中，跟 20 世纪 90 年代日本偶像剧里最浪漫煽情的画面一样，阳光像碎银落在透明的窗户上，窗外的花瓣优美得像是蝴蝶挥动的翅膀。谈恋爱也适合来。

冬春之际还可以看见梅花与樱花齐放。一个地方开满了花实在很难不让人悸动起来，人类天生对美缺乏抵抗力。

内湾的星空很美，我跟学校老师来过一次内湾（也是我推荐给她的）。她教我认识星空，讨论宇宙外面的世界，还告诉我天文学是一个我长大后可以研究的议题，说的更多的是星座的故事，夏季大三角的光宙斯的愤怒达芙妮的悲伤，我都忘了，就如同那个老师后来我也弄丢了她的消息。

我很想很想到内湾再看看，看它又变得多繁华，然后拿着钱包把大街上那些曾经让我流口水的食物再吃一遍。

你会透过电视电影明星名人认识台北高雄台中澎湖那些很美的地方，但是内湾是我告诉你的，你要来看看，因为这个地方一直在成长。当初我认识这里的时候，他是个纯朴的小男孩，穿着白背心光着脚丫在操场里奔跑；后来高中再去时，他变成穿着白衬衫的少年，挂着一副耳机在窗帘边翻书，透着文艺青年的气息；现在他已经是俊朗的年轻男子，浅浅的笑容高高地站在粉红色的樱花树下对你伸出温热的手。所以呀，在他变成大叔前赶快去玩吧！

日出江花红胜火，春来江水绿如蓝。能不忆内湾？

内湾的警察局前有一棵百年的桂花树，桂花树很少百年的。如果你到这里，带着你最好的朋友或者最爱的人，你们可以许下一个

约定，十年后还要风雨不改地再来一趟，誓言未必实现，但是承诺很美。小王子有 B612 星球，但他还是放下了玫瑰去流浪，你一定也有你的玫瑰，但是你也要放下。

赶快去旅行！赶快出发！考完试之后，工作的年休还没花完的时候。

很多决定做起来都不难，只是犹豫很久，想一想隔天又继续埋入忙碌的工作与考卷堆里，这样的生活太憔悴了。人一辈子都该要有一次说走就走的旅行，而且我很确定，这样的冲动是我们到八十岁想起来还会开心的宝藏。所以，花一开就启程吧。

琉璃一族

台北的年轻人慵懒、骄傲、温厚、凄美、梦幻与失能。

每个时代都会被冠以独特名词，从小看着社会用俯视角姿态评断年轻人，到了自己正年轻时，基于对青春我族的认识，发觉大多的评断都是失真的。社会上真正成功的大人懒得论断青年，你是好是坏是强是弱与我无干，心血来潮就对你说声加油，失败的大人则用力感叹现在的年轻人啊……无能挑剔脆弱没定性（以下省略五百字），而年轻人对着失落的成人呵呵呵，心想我要活到你那年纪还如此窝囊真不如跳河算了。文化成就者说年轻人失去了文化不看书，文化塔底层说年轻人太浪费太计较……

你以为青春之上的所有人都对青年厌恶或绝望，错！他们爱死了！只是他们离二十多岁的年纪太远了，远到看不清，远到想把你使劲攥在手心，远到生恨。而你好奇这个时代年轻人的真实是什么模样。

台北的年轻人呀，身如琉璃，内外明澈，他们是琉璃一族。

我无法跟你谈论台湾的年轻人是什么样子，因为那题目太大，但我可以告诉你外界所认识的台北年轻人，优异的、温柔的、挣扎的、撕裂的，都是台北的年轻人，就连所谓台湾腔的普通话都是台北人的腔调。台北的年轻人向来是在世界的画面中"借代"了台湾整体的青年，而台中、花莲、高雄的年轻人是截然不同的。

台北拥有高密度的政治经济文化娱乐资源，犹如一张青翠劲绿的奢华草皮（台北房价全球第七，远远高于巴黎），在这里成长的婴儿一睁眼就看见玫瑰花蜜般的世界。虽然生育自由，但拥有高社会经济地位的家庭往往只生一个就打烊，所以老师们全体快失业。

这些宝宝们长大后纯净而无知，他们不关心新闻上热闹的争斗，因为无论谁上谁下，他们的花园依旧姹紫嫣红开遍。很长一阵子社会在检讨青年一点狼性都没有！就像一只慵懒的小绵羊。

绵羊是如何炼成的，文艺点的回答：因为爱，我们不仅用爱发

电，我们还用爱教育小孩，爱是教你做一只快乐的绵羊，而非杀伐苦斗的狼。

绵羊有白色柔软的皮毛，唯一的立场是快乐，他不会作战，但受大家的喜爱，所以琉璃族其一的分身模样是温厚的好朋友，人人都爱他。他不会跟你争吵尖锐与敏感的问题，他有他的天真平和，他继承了中华民族正统的温柔敦厚。因为懂得，所以宽容。这是社会始终珍爱的美德，温柔是一种气质，敦厚是一种人格，面对复杂难解的问题时，我们放慢说，不必急。

"小确幸"一词流行时，台湾的青春世代都洋溢着这样的生存主义，追求着小而确实的幸福，然后大人们愤怒、反对，觉得天简直要塌下来了，你是不是觉得大人也太容易不满了，是呀，他们真诡异。攻讦声浪抨击整个社会的青年都在拥抱温热的小愉快，那么进取、雄心、凌云壮志在哪儿，各种论战硝烟四起，这头说小确幸就是一种自私的想法，那头咆哮小确幸错了吗？！

小确幸没有错，他幸福得很，但是这样的幸福刺痛了曾经辛苦的大人。他们期待年轻人热血沸腾地做些大事业，为爱为恨造反跳上蹿下都好，他看不惯你坐在绒布沙发上端着骨瓷咖啡杯忧愁而肃穆地说："听说樱花快谢了，开个会安排一下哪个假日赶紧去玩吧。"

台北的年轻人就是笑得甜美梦幻的乾隆皇，祖辈浴血、父辈勤俭，宛如康熙雍正奠基太平盛世，为三世祖铺平了红毯明日，眼前自由的风与戳破云霄的大楼是他生活的背景板，他的任务在于如何挥霍完美资本。俗话说富不过三代，不知吃与穿，萌萌的台北乾隆皇们别的没有，文化积淀得特别厚实，举止得宜，谈吐不俗，显奢华时不土气，清新起来质比芙蓉透。

现在到了戳破神话的时候，可亲可爱的台北人难道没有黑暗面，呵呵呵呵呵，他们呀，黑暗起来不是人，是天龙人（动漫《海贼王》中的角色）！

白色小绵羊知不知道自己毛茸茸的模样？当然，小白羊并不瞎，当他们脱离羊群面对城外的世界时，他会拔地而起，变成金身闪烁面色冰霜自带王气的天龙人。"天龙人"这个词已经与台北人严丝合缝地融为一体，他们自认血统身份高贵，不屑跟百姓呼吸相同的空气。你以为这是种模拟，请相信我，你一定要相信我，台北人天龙起来会让你想冲他丢火箭筒或者各种尖锐物体。网络上很逗趣血腥的一篇讨论说天龙人写地址不填县市，什么邮政编码区号城市直接省略，仿佛全世界都要知道台北的细节。网友回应："他们以为台北就是全台湾？""天龙人以为全世界都接受悠游卡（此卡为台北地铁搭乘卡票，也可在台北合作商店消费使用）？"

天龙人把世界的龃龉变成漫天的彩花碎片，越是张牙舞爪地批判，却成了对他最浩大的歌颂，因为别人凄风苦雨的生活本来就是为了衬托他们活得有多高级（天龙 VR 视角）。台北的 90 后，大至二十八岁小到十九岁的他们都是琉璃一族，是既得利益者，他们心知肚明自己身在最好的时代最坏的时刻，而挥霍了最美的瞬间之后，便没有之后了。

　　或许你发现了，慵懒的绵羊与骄傲的天龙人作为琉璃族的特质之一，正诠释着一种脆弱的华美，跟马德里的散漫与巴黎的傲慢截然不同，因为那些金发碧眼是如此的心安理得，失业率高达 20% 也无所谓，摆出地狱级无礼的冰块脸也没关系（英语无法攻入的地区，多强悍）。但台北人是惴惴不安的，大抵是血液里最后的贵族

DNA 让他们明白，月盈则亏，日中则昃，一切都会过去的。

就这样，台北年轻人更是悲凉的造梦者。

有一份报道针对台北、香港、上海和新加坡四座城市的青年做评比，调查结果相比之下台北青年对经济最没信心，对现况最无奈，但对筑梦的重要性认可度却是最高的，明确与执行力皆是最高表现。乍看吊诡，却完美表现了台北青年的思维，被鼓励做梦是一件奢侈的事，但同时大环境的变动年轻人又非无知无感，于是香消了六朝金粉，清减了三楚精神。有梦最美，希望相随。

琉璃一族的最后一重身份是失能的大主宰。世界始终在为年轻人服务，因为他们代表着未来，也拥有着明天，但青春正艳的琉璃族身怀梦幻的思想、慵懒的生活态度、温厚的脾气，用骄傲的资本做着凄美的梦。他是一个年轻而落拓的贵族，看着城堡外面吓人的黑色荆棘，不敢挪动脚步；他把决定命运的玉玺放在怀中匣里，拿不起也放不下。你听见过琉璃碎裂的声音吗？如果有，那该是闻者伤心的一种旋律，比大提琴更悲怆、更沉重绝望。

大都好物不坚牢，彩云易散琉璃脆。

台北年轻人如斯。

这里还有滚烫的爱

从别人瞳孔中看见的自己，是客观的自己，没有多余的骄傲，没有贬抑的自卑。那么从别人眼底看见自己生长的地方，应该也是如此，那种爱与恨诚恳而深刻，像一面冰凉的镜子，映照着滚滚发烫的真实。

当我们来到这个世上时，商业高楼、文化璀璨、车水马龙、物欲横流，我们生长在一个花谢花飞花满天的甜美社会，即便脚下已有草叶腐败的潮湿气味，却不影响我们晒着三寸暖阳的姿态。

据全球最大城市相关数据库 Numbeo 的调查报告，全球安全城市排名——台北排名第三，亚洲城市之冠！这份"安全感"代表的不是考卷上一百分的殊荣，而是生活在这座城市里每个民众的素质。这好可贵，你不用担心在深夜里乘坐地铁要提心吊胆，防备角落里会有金刚还是变态出来拥抱你，但你走在纽约的地铁要吊着一百个心（最好带着能称得上武器的家伙防身），这么发达的一个都城竟然存在如此妖魔鬼怪的治安至今仍是我心中的一个谜团。

"你们的服务生会蹲下来，你们是国王还是老大？"外国人赞叹玩笑。在台北很多的下午茶或餐饮店，员工不会站着像一匹马帮顾客点餐，而是会蹲在桌边询问"您"今天的餐点。就连我有时候也觉得这样的服务客气过头了，但礼多人不怪，久而久之礼貌也成了城市习惯的自然。

台北的咖啡厅，常常可以见到独自前来的人暂时离开位置去洗手间、去柜台，他会把东西放在座位并消失得无影无踪。交换生朋友对这点大感意外，他说每次看到星巴克有人把笔记本电脑放在桌上就离开，都觉得惊悚："难道 Apple Mac 在你们这里很便宜吗！"

"有什么好恐怖的，你是说会被偷走吗？"当然会，只是这种概率很低，低到可以安心。

"概率很低？在我们那里，你只要离开座位，那个东西就等于变成公共物品了。"

在图书馆，更常有人放着书包、钱包、耳机，去装杯水或者取本书，他看到这些景象总是大叹："台湾人的心脏都很厉害！"不止这点，许多店家会把商品摆在店门外展示，他说在西班牙不会有商家这样做，因为三秒就会整筐消失，连架子都会被拎走。

通常用完餐，如学生、一般民众常用简餐的快餐店，大家会把

餐点送到回收台，并且不会有人随意将垃圾丢弃至地板（当你看过有人边吃边把垃圾往发亮的地板上扔的时候，那一派潇洒简直惊为天人），甚至做到资源回收（但在看过日本人回收分类像在帮每个原料认祖归宗一样的变态仔细后，这点似乎也没什么好说嘴的）。

但是呀，我们剩下的不多了。

还剩一地颜色鲜红未败，但逐渐散发死亡气味的花朵。

101曾经是世界最高楼，有无数游客从四海八方抵达台北就是要看这根翠竹般的尖锐高楼，跨年时各国新闻把101烟火的分割画面放在纽约、悉尼、巴黎国际景点旁边。时序到2018年，101早已不是最高楼，它输给了迪拜塔。

台湾曾有过惊世的经济奇迹，这里的人曾经是华人世界最富庶的群体，但不断爆炸的经济让这些人都变成了没落的贵族，依旧昂着高高的下巴怀想往日荣光，却瞪着现实泪流满面。

这块翡翠一般的岛曾经是亚洲娱乐的巅峰，从长辈风靡的邓丽君，她的声音在华语音乐界是最顶尖的，没有之一，到琼瑶影视的二秦二林，今日林青霞仍是演艺圈神坛上的最高存在，即使如巩俐、刘嘉玲，在她面前也稍逊风骚，更不必提此时如日中天的范冰冰也只是她的小小师妹。我们的童年，那个时候周杰伦、蔡依林、SHE……统领着年轻人的品位，张韶涵的《海豚湾恋人》、林依晨的《恶作剧之吻》、陈乔恩的《命中注定我爱你》……或许是一切到了《康熙来了》结束的那天，众人忽然一声叹息。终于，无论爱与不爱，台湾再也没有霸占华人世界视野的娱乐利器了。新的偶像没有了，新的电视剧早已被韩剧打得遍体鳞伤，新的音乐新的潮流新的梦幻只剩下一声哽咽。

那么台湾还剩下什么？

"这是个很神奇的地方，大家很平静，很温暖，还有……很善良。"西班牙人在台北的最后一顿聚餐，他说，"一个拥有四季饭店和好莱坞的地方不会让人从心底去热爱，一个能让 LV 和 Armani 赚最多钱的地方不会让人从心底去尊重，可是在这里，我好喜欢，好尊重你们。我做过一份什么孔子和礼的报告，我写完也不懂那些文言文，可是在这里半年，真的可以感受到你们都很好。"

他说得磕磕巴巴，但我理解他，甚至感激，所以我听懂了他的词不达意。"谢谢你，谢谢你喜欢这里。"

这里没有世界最昂贵的百货，没有最洁白的雪，没有最梦幻的乐园，可是有最暖的人，最真的爱。

这里还有滚烫的爱。

你会在街头感受到安心，你会在城市的步伐中感到舒服，你会认识到从未失落过的礼仪。这里在世界地图上很小，你甚至会找不到，但在这里温情不用找，礼貌不用找，它会自动出现。这里没有轰动全球的经济要闻，但是这里的文化自千年而下，敦厚的品性从来没有被金钱与战争改变过，即便我们富裕过，我们动荡过。这里并非没有争吵，但是每一种声音、每一种面貌，社会都用热血去捍卫与守护，没有一种旋律会被掩埋，没有一张照片会被撕毁，思想在天空辽阔。

我们终究会到很多地方去，看过无数至金至奢的琼楼玉宇，望穿天下。

但繁华落尽见真淳，这里拥有的善良、拥有的敦厚，滚烫如一碗冒烟的热汤，很简单，捧在手心很暖。

地表上有很多地方发出刺眼的光芒，挥洒着钞票的油墨味道，上演着精彩绝伦的争斗，腥风血雨的过去与现在，比如美国。而这里可能什么都没有，只有满满滚烫的爱。

但一座城市，因为有了爱，便足以一顾倾人。

从我的平行世界路过的他

在台大文学院走廊的转角，一个背着双肩大包的男子张望着，他问我一个专精《红楼梦》的老师的信息。正巧，那老师的课我修了两年，而他也正站在教授研究室面前。我替他敲了敲紧闭的拉门。

老师不在。

我告诉他那老师正好出了关于《红楼梦》的新书，过两天还有座谈会。他可惜地摇摇头，说那时候他就离开了。

我们杵在走廊的窗台边，从金陵十二钗聊到中文系，从台大聊到台北，又从台湾说到了旅行，他问我有没有推荐的地方，我琢磨了一下，说我带你在台大这一带绕一绕吧。

"那好极了。"他说。

公馆、温州街、新生南路，这里是台大学生活动范围的一角，在校园侧门"新月台"对面的巷子里有一片下午茶田（我取的昵称），我带他走马观花，晃着晃着，他问我在台大念书不辛苦吗。

"辛苦什么？哪里需要辛苦？"我脱口而出。

显然，他对于在最优秀的大学里活得一派轻松，感觉很神奇。而本着对这社会教育的真实理解，在这块土地，能挤进第一学府的学生七成以上都并非偶然，而是一种阶级的复制。要培育出一个能进入最顶尖大学的学生，需要的不只是金钱的堆砌，还有生活态度与价值观的继承。这跟著名社会学家布迪尔所说的文化资本是同一回事。只有极少数特例的孩子能在艰苦的环境下进入名校，因此我们也能在报章新闻上看见他们励志而发烫的眼珠子。

同样的问题放到哈佛、剑桥的学生身上，他会点头。因为他要在一个个狂欢派对与香槟晚宴中穿梭，搞好同侪与兄弟会的关系，同时谈上一两段轰轰烈烈的恋爱，接着还要维持一向优秀不挂科的成绩，当然辛苦。但这"辛苦"两个字跟"悲情"恐怕没有半分血缘关系。

条条大路通罗马，这是硬道理，可问题在于，有人一出生就在罗马。

"在我们那里要念好学校压力非常大，熬夜苦读、悬梁刺股、百里挑一都不足够说清楚真正竞争的可怕。"他说。

"我们当然也要拼命才能有好的成绩，这点大家都相同。"

　　他否认地摇摇头，说他刚刚转了台大一圈，看见学生散发出来的氛围跟他以为的天差地别："甚至有些人像在度假！"

　　"你这是称赞还是贬抑？"

　　他皱起眉头："你们这样竞争力行吗？"

　　我愣了一下，哼哼地笑："你见过城堡里的王子公主慌慌张张满头大汗地耕地除草吗！"

　　然而面对他的质疑，我心里有无奈。我们这一代的年轻人没有历经战火的深刻，只有舒适的玫瑰花房；没有拼死的险峻经济，只有从巅峰而下的缓缓滑坡。我们像是一只慵懒而骄傲的小绵羊，在寸土寸金的昂贵草皮上栖息；我们不关心这个世界，只怀抱那些带给我们眼泪与欢笑的爱恨。

　　姿态太美，胸怀太小。我们既是璀璨的未来，又是焰火最后一瞬的华光。

"旅行为什么选台北，这么近，不觉得应该去更远的地方？"

他说自己特别想了解台湾，"我女朋友特别喜欢陈绮贞和田馥甄。现在有不少台湾明星到大陆发展，好多节目上都可以见到喔，你看过没有耶？我昨天晚上看电视还有播我们的歌唱节目……"

我像是脖子生锈的机器人缓慢转头看他："你……是不是在学我说话？"

他爽朗地大笑："台湾腔好有意思，酱子喔，我造啊，啊有这件事情吗，不会不会……我都被你带跑了。"

我带他逛完台大诚品，又带他去了最有名的敦南诚品，传说中二十四小时不打烊的文青之地，他说他最喜欢的就是台湾的文艺感，一整天他就不停口地喊我小清新小清新！（他本来是喊我小台湾的，因我滚烫的眼神才给扼杀了这称呼。）

他对台湾的理解很多都是画面性的，电影画面、电视画面，还有微博上关于台湾的转发图，他跟我说他想去九份，那是宫崎骏《千与千寻》的灵感发祥地。他也反过来问我最想去大陆哪里玩。

"上海！"我说。

"为什么？"

"因为上海有一座迪士尼。"

"……"他的脸上貌似有三条黑线。

中途我们去了 7-11，他说怎么到处都是超市，台湾的便利超市密集度居全球之冠，平均两千三百人就分有一间，我说起来像这些通通是我家开的一样。他看着关东煮区，说："唉，我请你吃茶叶蛋！你知道茶叶蛋这事吗？有人说我们穷得吃不起茶叶蛋。"

"大多数台湾人都不知道有人这么说，不过是一个人的口不择言，不能代表我们全体的理解。"

我们抖落了一地的秘密，像是把别人撒下的漫天白雪从黑色大衣上奋力拍开。误会太多，理解太少；爱太远，恨太近。

往事并不如烟，历史先于当下，我们用爱去偿还别人争斗的恨。

我们这代年轻人，还不懂爱恨从哪里来，就先学会宽容。

我的台北，锋利高耸的 101 与明星时常提及的信义商圈，三月的阳光，在他面前是一本看不完的书，他急于翻阅，而我也为他的急于了解与巨大好奇而感到趣味盎然。才发现我所带来的画面，在他面前就像流传的神话忽然如图腾般散开，文字与网络信息成群结队地变成一座花园呈现在他面前。

在街口一家咖啡店，我们坐下来歇脚。

他说："从你刚刚推门进咖啡馆，排队，到柜台和服务员说话像安排好的，他问候你，你想了想说要玫瑰蜜香拿铁，接着在他询问付钱方式时，你从钱包掏出会员卡，他双手接过柔柔地说稍等喔，这像是以前我们看台湾偶像剧的画面。有人说你们看起来矫情，但真的遇到就好自然，你们真的是这样生活的！"

"如果我到纽约看别人买咖啡，那也像在看好莱坞电影吧，那你说我到北京去会不会看见《甄嬛传》？"

"那是在横店拍的。"他告诉了我横店那里有影视城，所以《甄嬛传》不是在北京拍的。

"你们台湾人真让人舒服。"

"我听说大家都觉得台湾的服务业质量蛮高的，但是去过东京，才发现什么叫最顶级的服务。"

"不全是那样说，你们有种比较特别的气质，是你们那种不费力气的礼貌，微笑、很平和的对话氛围，给人一种……"他琢磨了很久，想不出一个适当的词语。

"温柔？"这并不是我想的，而是别人曾经对台湾人的形容。

"用温柔来形容有点太文艺了。"

"那就温柔敦厚。"

"是吧是吧！就是这种感觉。"

他说他才发觉自己不了解台湾，我想了想，说："我可能也不明白你们。"

我们是最熟悉的陌生人。

二十多岁年纪的我们，以为再也没有信息能拦得住网络的波涛，但实际接触后才知道有一种温度是电脑屏幕无法传递的，有一种烟火是无法被照片捕捉的。

我带着他走过一页台北，像是两个梦游的人，在时空错乱中偶遇。

傍晚我们去了淡水老街，另一个观光客热爱的景点。

他说："你知道吗？我到台湾七天，一开始我觉得台湾挺普通的，也就那样，城市建设不如上海，壮阔也没北京厉害，街头上遇到的人也就一般般！不过那些小文艺确实迷人。但是在你身上我看见了我们对台湾最美好的想象，那是真实存在的，精致、悠闲，我发觉不是台湾虚有其表，而是台湾没有力气去养成很多很多如你这样的人，也许我就遇到了这个少数或者唯一，台北的男孩子都跟你一样吗？"

"很多，一山还比一山高，山外还有很多传闻更好的人，你们不是有一句话，说'台湾最美的风景是人'吗？"

"台湾真的是宝岛。"

这时候我才知道原来大陆的人常把台湾跟"宝岛"两个字连在一起说。

从淡水前往八里可以搭乘渡轮，我自己也就搭过一次。

"我觉得还没够，我才刚开始了解台湾而已。"在摇摇晃晃的小渡轮上，他看着倒映光芒的河水说。

我想起徐志摩那首可爱的小诗：

> 你我相逢在黑夜的海上，
> 你有你的，我有我的，方向；
> 你记得也好，
> 最好你忘掉，
> 在这交会时互放的光亮！

我心中浮起了一种巨大的快乐与悲伤，他像是从我的平行时空路过，我们不具有相同的沟通工具，我没有微信，他没有 LINE，我们嘴巴说着同样的中文，双眼却目睹截然不同的世界。我想起了属于龙应台先生的大江大海，我摸着自己温热的心跳，看着面前对台北充满好奇与喜欢的大陆朋友，百感交集。

　　历史被不断拉长，世界容许文化暧昧开花，希望哭笑不得的我们，在岁月宽容之后，都还能拥有清澈明亮的双眼。

饕餮王孙与横行公子

我爱你，所以我吃了你。

现在很多人都说自己是吃货，但不踏实，因为时间有限，上班族嘴巴老叼着零嘴不像样吧，顶多就正餐、宵夜多吃那么一些，再说一直吃也很花钱，提倡节俭的精神下我们不鼓励吃吃吃。还有少女爱漂亮吃了怕长肉，少男吃多了也成宅男肚腩，所以真正的吃货，那必须在外在时间、资本与内在心理素质上达到高度强悍。做个吃货你说容易吗？！

我是个吃不胖的孩子。一次例行健康检查时医生告诉我，我身体会自动分泌一种类似于减肥药的激素，一般人都有的，只是我多了那么一点点，这一点点在游戏里就会被称作"维纳斯的祝福"。看电视有个儿童台姐姐也有这个功能，后来她吃了药平衡回来，想要恢复成正常人（把神技关掉），于是她就毫无悬念地发——福——了！所以我说人何必呢。

我是个爱吃的孩子。反正闲着也是闲着。

去年秋初我在杭州，主持完一场文学颁奖典礼后宾客到了备好的席次用餐。左右都是熟悉的老师朋友，我忙着充电，还没跟上聊天的窗口，大伙在讨论糖醋黄鱼太酸不够甜，我还记得那只鱼大哥有多顽强，用筷子揪半天才肯卸下一块肉。

　　后来一人上了一只螃蟹，我的额头就冒汗了。

　　当时要是有人没动螃蟹就好了，可是大家纷纷利落地开始肢解它。我的目光搜寻桌面，祈祷有任何一个熟悉的凶器，但没有。我尝试捏着它看似柔软的中心掰了掰，它义无反顾地坚硬。我左瞄瞄，隔壁的人动作流畅，隔壁的隔壁也顺手地该拆的拆。我心里囧到脸红，看着大家酣畅吃起蟹谈着天，而我动弹不得，我悄悄不动声色地问右手边的大哥："那个螃蟹你怎么剥开的啊？"

　　"明星煌你不会吃螃蟹啊！"左边的老师惊叹地问道。

如果这时候给我一个地洞我就会逃到地心去，十年不回人间。

我不是不会吃，而是在我们这里不是这样吃的。

往常在餐厅里如果是一只完整的螃蟹摆在面前，那桌边肯定有钳子、剪刀、蟹针这一套复杂锃亮的器具，像手术台一样复杂，但即使有刀械还是无解，你只要对螃蟹流露出巨大的哀伤神情，那么贴在墙面几乎要跟包厢融为一体的服务生就会立刻上前询问："先生，需要替您服务吗？"

这还是很有意思的，我说完这个缘故，大家有叹，只剩你们用那么儒雅的吃法；有笑，说台湾人连吃螃蟹都这么温柔呀！顿时横行公子成了餐桌上的文化交流大使，一只蟹藏着不同的餐桌风景。但我觉得直接动手不也像艺术吗，他们说上海人吃蟹抽丝剥茧完还可以拼回去，多慈悲，给了蟹老板全尸的体面。

怀抱着温柔回到了台北的我在夜黑风高的晚上打电话给小兔，吃螃蟹。我很得意地问她螃蟹怎么剥，在杭州，我见人从中间咔嚓分成两半，那瞬间飒爽得跟手起刀落没有区别。她喝了一口茶，"谁跟你说螃蟹要剥的？"

"……"

服务生端上来一盘红蟳，底下铺着冰块，主要是让你看这是你今天翻牌子的蟹小主，让你拍拍照，待你吃完其他小料，服务生就会把它放进锅里，咕嘟咕嘟的泡泡在滚动的热锅里翻腾，再捞它上岸时，看见的正是袅袅热气中"螯封嫩玉双双满，壳凸红脂块块香"的物事。这时先闻香气，服务生把带壳的螃蟹捡到小盘子，离开你面前，到小厨台上帮你剥壳。我盯着她一个人剥，然后另一个人加入，最后三个人在台子上剥蟹。

一只蟹三个人服侍，拆——它。

送来的蟹肉就是嫩白玉，一口咬下去喷发的鲜甜汁液是秋季最梦幻的礼赞。饱满的蟹在滚烫水汽的状态下没有一丝腥气，反倒在舌尖上狂发甜丝丝的鲜味。一来一回服务生送上剥好嫩肉的小餐盘，小兔忽然说："听你说剥蟹，我们这样吃着只动筷子十指不沾，岂不是像残疾人？"

"……"

为了享受剥蟹的乐趣，后来我和 S 去了上引水产，号称台北版的筑地市场。小兔当然没去，她那个红楼富家女别奢望做点劳动，我毕生心愿之一就是替她找个俗到极致的梁山大汉，让她尝尽生活的苦（人生的真相）。这里的蟹有趣，毛蟹、鳕场蟹敲了一半，看似壳完好，但轻轻一扭便脱壳，只送你一块入口绵密的鲜肉，美如干贝，甜过初恋。

秋季我吃了很多蟹，每次看着蟹老板我都想：我爱你，所以我吃了你。后来身边一圈我愿意找来吃饭的朋友都吃过了一轮蟹，大皓同学说："你被小美人鱼通缉了，放下蟹吧。"

爱吃的画面就像熊猫吃竹子，吃得很酣，嘎吱嘎吱嘎吱。现在不是吃蟹的季节，下回若到上海去，我要看看上海人是怎么神乎其技地吃蟹，这样我得先交个上海好朋友（我还可以跟他去上海迪士尼玩耍）。而如果你到台北，放下一切就能吃蟹了，如同小兔说的像个……

FOUR

你一定要幸福！◢

我可以帮我季儿盖被被

所有人都努力地生活着，为渴望的事物坚强，为得不到的失望。

我和你一样，都在平凡的小日子里走走停停，偶尔只想要躺在地上耍赖，但又没有扔下一切什么都不管的豪气。

人类就是这样自我折磨的动物。

2016 年年底的时候，我觉得生活很疲惫。

那时第一本书上市不到三个月，因为有幸获得读者欣赏，因为市场回响眷顾，很快我接力推出了第二部作品。生活的喜悦都变成了数字，第一名畅销，哪家的双周榜冠军，人气指数进阶到哪里……开心之余，有一种包袱般的重量也梆梆地出现，我却不敢说累，更不愿意说不开心。

获得好成绩的时候还喊不如意，多矫情。

并且我一直相信，没有过好现在，怎么走到远方。

所以为了想要的未来，我还是边吃草边奔腾地努力，当一只幻想自己会飞翔的小绵羊。在那个我勾勒的未来场景里，有一套很简约的客厅，洁白的主色调或是咖啡暖黄的设计我也接受，我自己一间房，其他的好朋友塞在一间房里（面积会大很多啦），这样即便我们在城市里各自颠沛，等回到家我脱下深蓝色的风衣时还可以对他们喊："今天真是累死我了。"他们会给我倒一杯热牛奶，我捧着玻璃杯开始说起今天遇见的各种光怪陆离。

以上的蓝图倘若要实现，以下信息不可不知：2017 年的全球财富报告里，如果把地价以实际面积计算，用三成的保守公设比重来推估，台北的豪宅一坪（约 3.3 平方米）要达 214 万元新台币，全球的"好贵们"排一排，台北超过巴黎、悉尼等城市，排行第八，在亚洲排名则是大大高于繁华东京，排行第四位。

所以我跟你一样，作为一个小青年仰望这个物价飞涨的世界，都有一样的无奈心情，我懂你，拍拍。

我第二本书推出的日期跟圣诞节相近，热门档期，书的发行跟

电影一样都抢时机。上市前一天我去参加了《太空旅客》的首映式，那是个 Jennifer Lawrence 被放在太空舱里做星球旅行的故事，算有趣，但我脑袋瓜里在想我也好想去玩，不用到火星金星，到很熟悉的首尔东京就行。可是日子那么多，却凑不出时间。

又还要上学。

我听过林依晨的一个经历。早年间她到大陆拍戏时每周还是要坐飞机回学校上课，小时候听到这事只觉得这个人好爱读书哦。一直到现在，我才明白，有些事是无论多累都不能放弃的努力，比如学习。我庆幸自己录节目或是看首映式都在台北，这样出租车兜一下就到，起码没有跨海的遥远。

看完《太空旅客》，我拎了两杯咖啡回到学校，立刻把在图书馆的朋友叫出来分享我很想逃走的心情。他的目光从不停歇打报告的笔记本电脑移到我脸上，三分白眼赏我说："你 365 天都想度假！"

365 天都害怕辛苦，哪个人不是这样呢。坐在办公室的人，看过市场现实的人，上司或是同事中有很讨人厌的人，哪个不想逃跑，这个社会就是这么让人想疏离。

其实生活仔细想想也没那么困难，只是让人特别烦，所以想逃，偏偏又没有勇气迈开脚步躲进世界的角落。比如高中考大学的时候，很多人只想逃离人间，觉得上辈子到底造了什么孽，今生要受这遭罪。但那些时光都是过了就好。

跟发行日同一天，一个跟妈妈关系很好的朋友打了电话过来。

徐阿姨住院了，不是重症，衰弱主因是积劳成疾，劳在身体，苦在心里。她的丈夫外遇，起初她试着沟通并给予时间让他处理，结果一拖一年，宽容换来老公肆无忌惮的背叛，最后只说："我不会给你钱，小孩你要也可以给你。"

妈妈去医院陪伴徐阿姨的时候，我主动提议让我去照顾小孩："小朋友在医院不好，也不方便，我最近课比较松，这几天我去陪他吧。"

我现在已经不记得那时候是不是为了逃避出书风头的压力，总之有一件充满道德感的事让我去忙，我很开心，此外什么都不管也心安理得。

四岁的小男孩，脸肉肉的，很安静地坐在沙发上。"阿弟——我陪你看卡通。"那个时候我才知道原来现在最红的卡通是《佩佩猪》和《妖怪手表》，《海绵宝宝》和《神奇宝贝》早就过气。时光就是这样被更稚嫩的生命给证明的。

我以为他天性安静，后来才明白，他是想哭的时候就会装作发呆，两只短短的手放在腿上，嘴巴紧紧抿着，模样也有点像在生气。

"我妈妈呢？"他说。

"你妈妈在医院休息，你不是有和她讲电话吗？等她回家以后就会带你去公园玩喔。"

他看着我眨眼睛，不说话。

我突然心虚，明明没说谎，却觉得自己在欺骗他什么，也许是装作一切都很好，你的世界并没有破碎吧。

"妈妈会不会身体不好？会不会死掉？"

我张嘴轻轻地笑，眼眶却瞬间红了。"当然不会，你妈妈没有生病，只是精神不好，去检查休息而已。"

"那为什么爸爸要离开？我爸爸好凶喔。"

"我是不是要被丢掉了？"

我摇头，伸手把他抓到自己腿上抱着。他说："不要抱我啦。"但是手却紧紧地揪住我的衣服。他开始问起了关于我的一切，你是谁，那你都会干什么，他想去哪里，我去过吗，各种琐碎而跳跃的好奇。

隔天下午，门口传来钥匙扭动的声音，我僵硬地探出头，看见了徐阿姨的老公，或者说是刚出炉的前夫。

他表情比我生冷，我随即说明自己的来历。他轻轻点头，算是打过招呼了。

阿弟蹦蹦跳跳跑到他身边，跟着他爸爸转来转去。

只见他拿了一个公文包走出房间，原来只是回来找东西的。他举起阿弟抱了一下，只有三句话，大意都是走了，再见！

"你晚上陪我好不好？我不敢一个人。"阿弟小小的手指比着房间，脸上有让人心碎的委屈。

"爸爸很忙，你要自己练习睡觉。"没有更多温情，他把阿弟放下来走出门。

阿弟忽然崩溃大哭，一步一叫地追上去，整张小脸都是涨红的："爸爸你不要走啦。"

我看了只有尴尬和生气。

我走过去蹲下来硬是抱着阿弟，不让他追到电梯，看他的眼泪一滴一滴落下来，滚烫而脆弱，小小的脸蛋负担了太多的悲伤。他咿咿呀呀地喊："我要我的爸爸。"

我只是抱着他，只能抱着他。

所幸他的难过耗尽了体力，不久他觉得累就睡着了。

晚上我带他吃、带他玩。到了超市给他买玩具，我都不记得自己上次在超市买玩具是什么时候的事了，如果可以，我想全部买给他，或许这样他就可以不知道悲伤。

在玩滑梯的时候，他问我要不要玩。我笑说："我会卡在那里。"

"那你都去哪里玩？"他坐在滑梯上问。

去哪儿玩？

我顿时真的思考，生活也是有很多快乐的，但都不是因为玩，而是因为有好的成绩，比如考试成绩，比如工作成绩，都是经过庞大的运算与付出而收获后才能快乐，再也没有荡秋千就是快乐的体验。

"你知道迪士尼吗？"阿弟一下子不能明白，"就是米奇那个电视台，他有自己的乐园喔。"

"你喜欢喔。"

"非常喜欢，我去过巴黎的、香港的、东京的，它在好多地方都有，我想要都去一遍。"

"很远吗？"

"还好。"

"那你为什么不去？"他瞪着圆滚滚的眼睛问。

因为长大很忙？因为生活太懒？因为很多梦想都变成想想就好的梦话。

洗好澡的阿弟在客厅打转，他说想妈妈，说想和爸爸打电话。

"阿弟，你可以勇敢一下下吗？"

"为什么要勇敢？"

"这样就可以好好睡觉，而且勇敢一下下就不会想哭。"

他爬上床，我在床边趴着看他。

他盯着小灯发出的黄光，若有所思，我被这个念头逗笑了，多大的小孩，哪会什么若有所思。

我打开小被子要替他盖上，他坐起来自己揪着被子，说："我可以帮我季几盖被。"

我本能地笑出声："哇，你好棒！"

"因为我长大啦，没有人陪我也没关系。"

牵着我的手他闭上眼睛，我忽然心很酸，偷偷流下眼泪。

"不要哭，你也想妈妈了吗？"阿弟偷偷睁开眼睛说。

隔天徐阿姨放不下心还是回到了家，买了外卖，我和她在客厅吃。阿弟坐在地板上看电视。

我尽说些无关紧要的话，就怕扯到一点点忧伤。

徐阿姨把我当大人，跟我说她与前夫最后是如何破裂的，她问："你能懂为什么有些路走到最后竟然这么伤吗？"

我说不懂，这样才能不陪她一起哀伤，这样她才能戴上大人坚强的面具，轻松说着："人生就是这样。"

离开前，我拉着阿弟的手说："哥哥走啰。"

他慢悠悠地跟在我后面，隔着一两步的距离，我知道他舍不得，因为我也舍不得。

他牵着我的毛衣问我："你是要去迪士尼了吗？"

我愣了愣，偷亲了一下他的小脸……

隔天起得比较晚，那天也是新书发行后的第五天。

我打开手机看见小编一早发信息给我，我想这么多天没联系，大概也没好消息要通知，一打开对话框，眼前看见的是排行榜的截图，第一位。小编发了LINE里兴奋的馒头人笑脸，说你看排在后面的还是东野圭吾耶。

我也回他一个笑脸，配上"太好了"三个字。

从床上跳起来，我立刻打开笔记本电脑，搜寻了最快的机票比价网，不到十分钟我就完成了不该错过那么久的事。

"你是要去迪士尼了吗？"

我愣了愣，偷亲了一下他的小脸。"对啊！"当时我说。

过年前，我拿着那张飞往东京的机票搭上飞机，去看看一直想温习的风景，去见见很久没好好玩耍的自己。迪士尼的旋转小飞象比印象中多了很多颜色的帽子，我觉得很可爱，我觉得很快乐。

后来，在夜晚疲惫的时候，我都会想起一个声音：我可以帮我季几盖被被。

那个纯真而勇敢的声音。

你一定要幸福

父亲让我去国外念研究所，我拒绝了他。

初中时我去了趟爱丁堡，爸爸耐心地告诉我这里是 J.K. 罗琳写《哈利·波特》灵感的发源地，天气凉冷是我的最爱，放眼的景色气氛在欧洲是数一数二的好，又是世界第一座文学之城，我在这个城市念书会很快乐的。听到结论的我立刻拒绝！不为什么，单一个离开台北就让我觉得太可怕，何况我在一趟旅游途中得知这是探勘，我小小的心脏觉得自己被出卖了！好在那时候母亲也舍不得，所以这个提案被确实地消灭了。

我却没想到多年后这个遗落在英国的壮志会死灰复燃！

"现在大学是不够用的，你现在读不用适应，等到你工作个三五年再回头，你要花更大的力气去重新学习！"

学习一是为了社会现实，二是为了文化陶冶，现在的我禁得起社会刻薄的检视，文化不敢说高，起码不俗。而且学历也不等于文化，学历的堆砌不能证明一个人的成就，有些文盲还充满真善美呢。

这些话我在心里嘀咕，却没提出来说服他，因为太虚了。我知道爸爸的心，但我也是为了我的心。

我告诉 W 遣送出国的消息颁布了，他瞪大眼睛对我摇头："干吗啊！你已经台大毕业了还读啊！你不累我都累了。"W 家里开工厂，又只有姊姊（并且他家是个刻板的传承家庭），他父亲基本上让他活着不干坏事会喘气就行。而寂寞林完全赞同、积极鼓励我出国深造："我政大研究所录取发榜后没继续考台大，我妈就快气死了，何况是你，出国吧，那是你的命。"

我发现能够提供足够经济保护的家庭，都不会要小孩去闯一番

事业，所以常常看到巨富小孩成了痞子二代，明星小孩在水面上溺不死地漂着，而需要辛勤养育小孩长大的血汗父母都对子女寄予厚望，盼他赢得一个更好的生活条件，不要复制自己的辛酸。

当天回去我没什么心情和爸爸聊天，但话还是绕到了出国念书。"你想念什么自己选，总有你喜欢的，出国看一看眼界会不一样的，你不是之前也提过剑桥吗，或者到南加大，那也有伴，某某某不是也在那里……"

"我现在只想待在台北，不想说了。"

"你不要再耽误，你不提早准备到时候想去会很麻烦。"

我会去的，也许是三年后，也许是三百年后，但绝对不会是现在。我太享受现在的生活，情感来了便写书，没日没夜也可以，偶尔到陌生的城市被惊喜，说走就走，有大把的时间随时启程去见想见的人，哪怕一个下午。韶华不为少年留，我不想在最美好的时候去负担"无瑕孩子"的责任。

我深知青春不潇洒地挥霍我会后悔死的，就像大学时我坦然地跟老师说我的缺席是为了毕业旅行，她严肃地对我责难，问我好玩吗。我说：一辈子就一次毕业旅行，我只知道如果我不去……我是无法不去的。我很努力地说着这句话，她用力地皱着眉头，忽然哼笑一声，慎重顿头，只说了两个字："理解。"后来她告诉我，我是第一个认真诚实告诉她请假是为了毕业旅行的人。一开始她觉得荒谬！好歹也编个冠冕堂皇的理由，但她说我讲出"我是无法不去的"那张脸庞充满痛苦，她觉得这学生太可爱了，他真的很怕遗憾。

我是真的很怕遗憾。

我没什么叛逆，当学生的时候踏实地读，曾经我深信自己就这样进一所不错的高中不错的大学，毕了业再念个硕士考个公务员接着攻读博士，恋爱结婚有小孩匆匆一生。你可能觉得荒唐，但很多人跟我一样，追求着这般的现世安稳。

过了一天，爸爸带我去吃饭，留学话题像是突然蒸发，我也乐得轻松。我和他很会聊天，常常餐厅的老板都说我们像老师与学生，才会有那么多话可以聊，一般父子没那么熟悉的。

"你一定要幸福。"在南京东路上，回程开着车的爸爸说。我盯着窗外黄光白光点点的百货不发一语。"简简单单地生活，健康开心就好了，你一定要幸福。"

忽然，我很难过，好酸楚。

其实他最大的心愿是我一生平顺，不要我飞黄腾达，因为他知道登高跌重的可怕，不要我野心蓬勃，他看多了一子错，满盘皆落索的哀歌。他怕我不快乐，他真心认为读书是我获得世界最多温柔的办法。

从前录影的时候和朋友聚餐晚回家，他打电话只告诉我别交坏朋友，我笑说只是吃宵夜，他说我知道，但你要小心。他对我的提醒永远像对小孩那样基本，但不啰唆。后来我悲伤地理解，他是追不上了，那个能被他完全管理的小男孩已经长大，他知道小男孩有了思想，他想劝，却又乏力。他慌张得不知道他能做什么，他舍不得我受苦。

我第一份打工就在补习班，还算不得打工，是别人请托代课，结果一代课就变成了授课老师，教初中生作文和社会。之后当家教。手头上永远只维持一个，一个接一个也连着做了四年。中途有插曲，有间咖啡厅传闻服务生都要经过挑选，选的是好看，我和朋友去的时候果然见店员男帅女美，我要了一张单子投履历，还真的幸运地被通知去面试。店长看了我的履历后，说我估计不想做，因为全勤奖金还不到我家教的一个小时钟点费，我说我想做啊！一出门我就打电话给爸爸，他听完只说我给你钱和同学去吃下午茶，你不要浪费时间，暑假出去走走那才不浪费。我妈只当听笑话，她说我的手端盘子可能都会抖。

我还真的就没去了。我当时懂得他的心。

考高中的时候我打电话给朋友聊天，是朋友母亲接的，她没有马上喊人，只是告诉我，我朋友决定不念高中要换高职，请我劝他，说我们交情好，或者我的话他还听。我答应了，但是也说："我和阿姨的想法一样，只是，我说不出来他的选择哪里不好，不过是凭着如果我是他绝对不跟他一样选。但我不是他，不能替他做决定，甚至连左右他都不应该。"后来家教，有更多的家长让我跟他的小孩说说"道理"，那些父母的心声我都说了，我也充分理解，我的思想是正统教育最喜闻乐见的模样，但身为年轻人，我更懂另一边的声音。

大人们，到了某些时候，请你放下吧，终究管不了，既然管不了。

最伟大的亲情之爱，不是殷勤地照料，而是圆融地退出。你和孩子相处的时间是有限的，不要让意见的磨合消耗你们的缘分，我知道你不想让他走弯路，你跌过的跤怕他疼，你淋过的大雨怕他撞上，但是真的无妨，如果人真有宿命这一说，那么成长就是宿命，正如当时你年少，不也磕磕碰碰?

有人说亲人就是下辈子无论爱与不爱都不会再相见。那么，这辈子我们好好走，多爱一点，有多远走多远。

"你一定要幸福!"这是一个父亲最严厉的期许、最卑微的要求。

我明白。

怪物与漂亮孩子
Love Actually

我和我的读者谈了一场无疾而终的恋爱？

我希望她一切安好，不管后来的生活还有没有我的存在。

这个世界上存在一种奇特物种，大多数的他们拿着粗厚的斧头，盯着眼前的画面逮到人影就落下刀斧，梆梆！看着倒下的人儿流淌着黏稠的鲜红色血液，他们冲向前俯身确认有没有完好的躯干，倘若有，就用硕大的獠牙咔咔嚓嚓地撕咬起来，最后痛快地打一个饱嗝，踏着粗大的脚印离开。

可怕的网友，少数却血腥。

平心而论，过分爱在网络上说话也无妨，公众议题众人响应总是好事，但对别人家的事总要插上两句话，仿佛大家都是隔壁邻居，能提供目击证明。你能理解的比我所写的还要多，对的，还有些人莫名其妙地喜欢发散攻击、批判，把网络战火当成美丽的烟花在享受。我总是哀伤地看着网络世界，那就像是一个荒土而野兽丛生的

地方。曾经我也会对着帖文或报道感叹，他真不走运，这不是事的事铁定要被抨击了。对了呀，还有好多词语比如正义魔人、网络霸凌，用来补充描述另一群"奇行种"（动漫《进击的巨人》中有奇特表现的巨人）。

所幸大多数的人懂得善良，比如看着这些字而同意温柔的你们。

我的山中深避匿、箫管不曾动的小日子随着我进入电视屏幕而终止。大概是我不争抢表现，顺其自然，无聊就无聊呗，所以我没挨到什么斧头战痕，始终还和温柔的网友以点头微笑的姿势对看着。那些温暖的观众擅长发表情符号，会鼓励你的小细节，比如今天的发型真好看，几分几秒的表情好逗趣。他们就是长着白色羽翼的小精灵，戴着棉花织成的手套捧着巧克力牛奶塞到你胸怀，脸蛋上挂着两个圆圆的红晕。

是真心喜爱他们，因为善良的缘故。

我懒于发文的习性让我的小编又急又气。我的私人账号可以六个月不发一条信息，专页也有一月一帖的时候。有时我一个发文就会见读者说：好久没看到你啊，竟然出现了！搞得我像七龙珠神龙。或者上下滑三篇大家都说好久不见。我觉得这样也挺浪漫，每次相遇都有阔别重逢的感动。

早前我很少查看专页的私人信息，所以一点开，各种乱七八糟的留言都有。正常点的，比如你那件外套在哪儿买的，你都用什么洗脸，我可以加你好友吗；错乱的，连医疗美容诊所的减肥合作邀约也有，我心想我再瘦下去就可以从门缝走进房间了。

在这之间有一个留言很简单，她都短短两三句话，也不怎么是问句。

"我成绩不好，但是我想念中文系，希望有一天可以当你的学妹。"

"最近一直下雨，记得出门要带把伞。"

"跟你说，我又考试了，烂得不行，可能连大学都上不了吧。"

有些留言乍起我是不会回复的，因为关心多了，怕字里行间有会被误解的地方。但她虽不是每天却又不曾间断的留言让我纳闷，因为她从来不说："哈啰，你在线上吗？你看到我说的那些了吗？你能回应我吗？"

而仅是：

"刚刚翻了你的书，我想好好地逼自己一把，谢谢你。"

"我会一直支持你的，你可能都不会知道我是谁，但是我知道你就够了。"

"我常常想你在写故事的时候会是什么模样，虽然我想不出来，但一定都是我喜欢的样子。"

一天下午，我坐在咖啡馆玻璃窗边，端着手机。

我："你不是把我这儿当日记在写了吧？哈哈哈。"

她："天哪，你竟然出现了！！！！！"

她的名字是一句话而不是称呼。

我："你有绰号吗？要怎么记你的名字？"

她："你随便叫都可以。"

她的大头贴是手绘的头像，笔画很简单，很粗糙，但也很可爱。

我："照片画的是自己？"

她："对啊，你怎么知道？"

我："随意猜的。怎么不放自己的照片？"

她："长得丑，像是怪物一样。"

我："你的说明太有特色了……"

她："那好，以后就记得我叫怪物，被你记住总比忘记好。"

我还是不知道怎么称呼她。

后来我查看了几次，没见到她新的留言跳出来，日子渐变，我也不留意。六个月过去，过年前后，一天我用电脑版打开专页窗口，放空地滑滑看看，结果看见几则不知怎么夹在已读之间却是粗体字表示未读的留言，其中就有那个女孩子的字段。

"虽然现在没有你的消息，但我相信你一定在某一个地方工作或旅游吧。"

"我们都各自加油，现在的我是最好的我，你也不例外喔。"

"你是我高中最崇拜的人，但是我离你越来越远了，很难过，但是谢谢你曾经给我力量。"

"要是我班上也有你这样的男生就好了，可是那样漂亮的孩子也不会是朋友吧。"

"你忘记我了吧？叫怪物还是被忘记了。"

"I hope you have a better life. Best wishes for you."

我点开她的个人页面，头像照片清空了。

我心里想，如果有一天她真的变成了我学妹，我会很为她喜悦。

也许未来她不再是我的读者，也许生活变忙后她不再在意我，但是，如果有可能我想请她吃个饭，谢谢她曾经因为我这么认真地生活，让我觉得自己的存在是别有意义的。那一刻我对她有真挚的感情。

尽管我不知道你叫什么，但你已经让我不会忘掉。

我希望每个爱过我的朋友与读者，都能够好好的。我要你们都快乐。

FIVE

这就是经典，这才是传奇。◣

台北"故宫博物院"2018：
有一种文化叫中华

每一次到台北"故宫博物院"，看着百年千年的珍宝，我总觉得这些物件该是前人留下的信息，它们还想跟我们说些什么，说得生动点，那是古中华文化的遗言，乾隆的苏轼的珍妃的，它们隔着锃亮的玻璃诉说着未唱完的情怀与爱恨。

1949年漫天烽火，3000箱文物摆放入舰，漂洋过海到台湾。

蒋介石把半壁文化装箱入台，台北"故宫博物院"的灵魂充实填满，至此无衰绝。郎世宁一幅画在2005年香港Christie's拍卖会中以约新台币8500万元售出，台北"故宫博物院"藏有64幅郎画师的作品。2002年12月大陆国家文物局以2999万元人民币拍下米芾的《研山铭帖》，而台湾存有米芾作品高达71件。从士林下车，看着台北"故宫博物院"门口威仪的铜狮，里头珍宝的总价值海内外专家无人可预估，只得出"无顶天价"四个字。

这是台北"故宫博物院"。

台北"故宫博物院"珍宝数不尽，这里装着范宽《溪山行旅图》、郭熙《早春图》和李唐《万壑松风图》……网络上还曾有过这样的讨论，如果没钱给付公务员和健保体制，北宋汝窑青瓷无纹水仙盆和《寒食帖》放在国际市场上那便是一张空白支票，几百个零随便填，社会再吃一百年！纵然是网友的说笑，却可知台北"故宫博物院"连城的价值不待分说。

而《快雪时晴帖》以至于镇馆之宝肉形石、毛公鼎、翠玉白菜，皆是倾国的美，绝世的稀罕。

每每有人对台北"故宫博物院"好奇，多半脱不了三楼展厅那颗半灰白半翠绿的辉玉。

玉匠将白玉质雕琢成茎，翠绿处成叶，鬼斧神工地完成一棵肌理分明、似真不假的白菜。当时日本交流借去展览，他们冠以"神品至宝"的尊名大书特书，中华文化在海外惊艳八方。有时候想到就激动，甚至是骄傲，也对历史叹息。那一场英法联军之役烧毁了圆明园，掠夺了不属于他们的珍宝，践踏、侵害、抢占……在时间的长河中发生了文明浩劫。现今还存放在台北"故宫博物院"的每一件珍品，都是如此不容易。

我曾看过一位白发苍苍、穿着褐色羽绒衣的老伯对着玻璃窗流泪，当时更年少，不能明白他何至于那么激动，而如今细想，一阵鸡皮疙瘩全身蹿起，热泪盈眶。

我们到过大英博物馆，看着英人从各地搜刮的罕见宝贝，在《亚尼的死者之书》前兴高采烈地瞪大眼睛；而走进藏有中华文物三万件的卢浮宫，我们面对蒙娜丽莎神秘的微笑，伸长脖子仔细审查。回到台北，再踏进台北"故宫博物院"时我想起那个老伯看着中华文物的泪湿眼光，忍不住哽咽了起来。

余光中先生所写的《白玉苦瓜》：

完美的圆腻啊酣然而饱
那触觉、不断向外膨胀
充满每一粒酪白的葡萄
直到瓜尖，仍翘着当日的新鲜

余先生酣畅淋漓地把美的形态跃然纸上，但真正的更要紧的，是这块珍宝背后所藏有的故事。台北"故宫博物院"珍宝都是这样的，它们都是故事，都是时代的欢笑与眼泪，曾经摆放于乾清宫的白玉锦荔枝，卧于养心殿一带的田黄石异兽书镇，还有董鄂妃曾居住的永寿宫的墨晶笔筒……

台北"故宫博物院"最美的不是她的华贵，而是她的气质。

学子凭借学生证能免费参观，一个外国友人问我："怎么不收钱？！"另一个年纪稍长的本地朋友回应："这里是放瑰宝的博物馆，是珍藏与散播文化的重镇，不是营利的游戏场。学生对文化有爱你还收钱，你们国家这么不重视教育吗？"

外国友人悻悻然："你们的思想与做法让人钦佩，这就是中华文化吧！"

我想是的。比豪奢有更甚者，比排场有更浮华者，这是文化圣地，从一入门的氛围，导览人员的敦厚微笑，到空间里的舒适感与文化浸染每分每秒的惬意，都是最极致的行旅。博物院不是百货公司，中华文化不仅仅是躺在丝绸软垫上的器物，而是时与空的完美交叠。

这是在战火与尘埃之下，百年不肯熄灭的那朵光华！这是我们的文化，他的名字叫中华。

如果女神错下凡

前两天和朋友到南昌路上的将军官邸用午餐，日式的建筑，餐厅在一处绿色的玻璃花房里，入口墙面有一幅孙立人纪事年表，我们停下脚步看了一会儿，思绪飞到了那个兵马倥偬的战火时代，转转眼珠子想歌舞升平的台北真幸福。吃着糖醋鱼片时也还聊着这位二战国际名将的历史，无论是男孩还是男人多半对两种人物感兴趣，一是英雄二是女神，对英雄崇拜对女神迷恋。

我要和你聊的不是英雄。

交谊厅的右侧是喝下午茶的地方，边上是一排靠窗的座位，窗格看出去是日式的花园造景，绿草皮小池子，天气灰色微雨。朋友说喜欢听雨声，而我对悠哉午茶是从来不拒，两个人拣了窗边最美的位置坐下。前头柜台有很多书车，我一看见就没闲下，忍不住逛起来，平日爱进书店，随手挑本顺眼的翻读几页，心情就畅快得不得了。晃着晃着，我看见了一本红色书皮挂着大幅照片书腰的书，是林青霞的《窗里窗外》。我问服务员有没有新的，她找了一阵说没有了，就架上一本。对眼前刚好的限量我更没有抵抗力，当下就拿回桌前读起来。

年轻人都一样，小学、初中的时候我也关注电视里的明星、台湾的偶像剧，到了高中韩流红了起来，韩综更博得大家热爱，都喜欢过。到了大学，我体认到偶像潮流如同免洗餐具，快用快抛！这两天瞧着入迷，过两天又看见另一个团体更精彩，那时开始我替偶像们感到悲凉，一张貌美的脸蛋能换来几天几月的粉丝宠爱，但终究有寿命，抵死不退的粉丝，也更换不了"过气"的自然现实，大时代就是喜新厌旧，美人自古如名将，不许人间见白头，现在的偶像比佳人英雄都惨，红颜未老恩先断。

　　但有的明星从未退烧，她不在江湖，江湖却始终有她的传说。

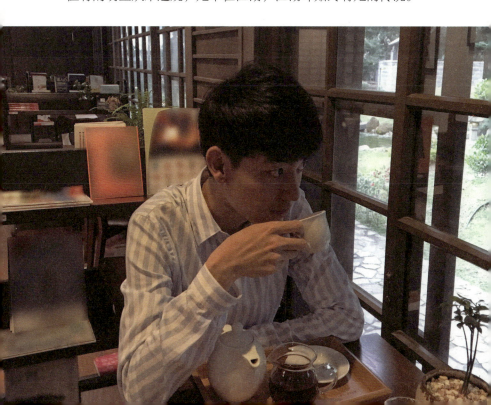

林青霞这个名字，我和大家一样，过去只知这是一个耀眼的存在，我们出生的时候她已经息影了。后来逐渐东一块西一片地接收到关于她的信息，越来越认识到：这就是经典，这才是传奇。

现在的女明星如过江之鲫，台风天招牌掉下来都能砸上一个。前十年红过的大半不红的不红，嫁人的嫁人，绝迹得隐匿无踪，新的一波上来，大戏的她，广告商宠儿的她，绯闻头版的她，有一些甚至是和家人看八点档时非常喜欢的艺人，但清楚势头也就这两年。所谓演艺圈的人跟皇宫里的妃嫔一样，眼看着还鲜嫩，过两年也就是凉透的一道菜。为了后头这句扎心的话，前头就不能列举有哪些女明星……

林青霞演了一百部电影，第一部《窗外》就是女主角，即便我这个时代的人也都知道琼瑶，而她是琼瑶的第一个琼女郎。赵薇、林心如、范冰冰今日有多红，加起来乘以 100 也就林青霞当年火红程度的一半。她是琼瑶最爱的女主角，琼瑶赞她：美丽、飘逸、青春、纯真，而且充满灵性。吴宇森说拍电影却没和林青霞合作过，那就不叫拍过电影。张艺谋直言："巩俐没有林青霞美。"徐克说她这样的美人五十年才出一个。金庸说："青霞的美是无人可与之匹敌的。"李安、刘德华、刘嘉玲、张学友、张曼玉……整个星河都在赞颂她的美，你是不是觉得很神奇？

在琼瑶剧最鼎盛的年代，出演即一线，比如超爆款不衰的《还珠格格》，而林青霞演绎了十几部琼瑶剧。从台湾称霸的二秦二林，到了香港发展的她，依旧是当头领衔的大美人，霞玉芳红之首。人类喜欢传奇，而活着的传奇更有一种薄玉珍稀的贵重感，现在在网络上能找到许多她年轻时期的留影。那个时代没有美图秀秀，没有缜密如国家情报局系统的 PS 修片室，但她的每张照片，都像是笼上天际光芒，朦胧的、无瑕的、难再得的美，相比现在动不动就是媒体捕捉哪个人崩坏、某某素颜吓呆大众的情况，不禁让人大叹时光将我们带入了一个防腐不老的世界，却让天然美人濒临绝种。

2015 年林青霞因为慈善关系出席了综艺真人秀《偶像来了》，同节目的女星有我认识的，也有我从来没听过的，但那不重要，因为林青霞推开门的那个瞬间，众人惊喜尖叫，泪流满面，看的哭的喊的嚷的，都是林青霞。朱茵是许多大人心中的仙子，她说林是美女王；赵丽颖是时下当红小花，她眼泪汪汪地说：总是在电影里看见她！激动不已。这类综艺或节目常常被人说都是剧本都是戏，但那场眼泪没有人说是假的，因为众人在屏幕前也十足震惊，什么偶像来了！根本是女神降临了！

林青霞的电影我看过的其实不多，多半是电影台回放被我恰好看见，她的"东方不败"看过，与小倩王祖贤共演的第二部基本上就是看美人，不管剧情，光是看那张活灵活现的脸蛋似乎就已足够。一个人"美"名太盛就出现了许鞍华所称的："她的美盖过了她的演技。"多么奢华的负担。特殊。

　　读她的散文是很特别的阅读体验。虽然常看书，我却极少看他人的自述生活散文，除非是林语堂、张爱玲、席慕蓉等有文化根基语言的作家。更遑论艺人出书，最大的宽容是写真书加上一点随笔感想。我对于文人散文还是比较挑剔的。但是在林青霞的《窗里窗外》，我看见一个女子细细地在书桌前把往事铺平，那些皱褶的，

墨水晕开模糊不清的，她专注地一点点用手指匀开，她很平实地把那些慷慨激昂的辉煌时刻告诉你，仿佛不过一场聚餐般简单。她把汹涌的人情用很淡的笔描过，像一杯微凉清香的茶，某些谈故人的篇章你嗅到了一些悔，但更多的滋味是释然，那是一本女神心事，你反倒希望她多说一点"废话"，让我们看看云端上的人如果嘀咕起来会是什么情态。

专职写作的人，懂得留有余韵，甚至刻意留有余韵，想说的都在文字没写的地方，这样的文章或包裹在华丽的辞藻里，读起来有层次更精密，但有些真挚与温情倒不如直截了当地说更美。

为何我欣赏她？是她作为一个划时代的真正明星，从出现到退场的那一刻，她都不曾坠落。1994 年，拍完第一百部电影的林青霞退出演艺圈进入婚姻，二十多年之间有无数的名气导演与片商捧着最好的剧本与价码盼求合作，可是她说她到了"看书写字的阶段"，婉拒一切邀约。她的离席是一种"优雅的华丽转身"，从此步上神坛。她放下了媒体与世人对她的追捧，她放下了在职场上能赚尽的巨大酬劳，她放下了人类难以克服被时时仰慕的虚荣心。一个艺人因为光芒万丈而成为明星，一个明星因为有了高度与修养而成为艺术家，一个艺术家因为不曾坠落与淡然而成为传奇。

我最仰慕的是她华丽转身的那份态度，多少明星放不下，当一个人享受过镁光灯的追逐，世界齐聚的赞颂，千金万两……怎么舍得离开？99%的人都放不下，所以每个明星都有过气的结局。急流勇退、见好就收，需要多大的甘愿，需要多少的看淡，张开手从盛宴离席永远比我们想象的更难，很难。

去年年末接受一段专访时，采访者提到当时已在电视圈待了一小阵子的我，取得了演艺圈的入场券后怎么不多待一下，就这样说走就走，仿佛没有眷恋！岂不可惜？我心里是笑的，怎么没有眷恋？我也是年轻的灵魂，也爱浮华与热闹，只是性子耐不住等。沉潜数年偶遭机遇大放异彩，于我而言，是不适合玩的游戏。因为深知不甘愿，因为做不出来争取的辛酸姿态，所以干脆离开。我对访问者说：我很喜欢林青霞的整个故事，特别是她明星生涯的收尾，说走就走，不拖泥带水，我深知不能跟她成就的1%比肩，但起码我可以学习她的精神，离开，不给自己一点暧昧的退路。转身的姿态很优雅，这样就很好了！

我在窗里看着她的《窗里窗外》，我对朋友说："她作为一个大美人，作为一个传奇人物，她的人生应该是什么滋味？就如曾有人打趣问我，你眼睛那么大，看出来的世界跟我们一样不一样？"

友人："她也是个凡人，也许她并不自觉跟其他人有什么不同。"

我想她是知道的，作为一个倾城绝色的人，作为一个深深狠狠真真爱过的女人（她最著名的爱情故事根本就是现实版的琼瑶剧），作为一个繁华落尽见真淳的名女人，她怎么能不知道自己的不同。后来的她开始接触修行、佛法，我私心认为她是在追求一种静定，也许是前半生的浪涛至今在她心波中仍有涟漪。我很好奇！现代的中外明星太多，我最想遇见的就是她，看看她灵性而积淀岁月从容的眼睛，若有幸还能聊上两句，告诉她"你和我的母亲是老乡""我看过你的书""天哪！我见到林青霞本人了"，说说调皮而琐碎的闲话，但假如无法，我想很可能是无法，那又何妨。

　　如果女神错下凡，应该就是林青霞的模样。

生不逢时的花最美

我很想聊一聊老电影，比如《滚滚红尘》，比如张艺谋、陈凯歌 20 世纪 90 年代的片子，可还是不谈的好，那些太远古。这个社会喜欢流行喜欢俗，新的纵然精彩如李安，《少年派的奇幻漂流》飘出的哲思跟余韵确实丰富，但当代说的人太多，大家说的多了我便没凑热闹的兴趣，于是就罢了。

谢谢收看，祝大家新年快乐，晚安。

当然不会这样就完。

再说些非此刻现代的故事。

舅舅告诉我，以前外公家的宅邸很大，养了一只老鹰。外公小小的时候用人拉着他的手带他看老鹰利落地在蓝天兜圈子。小时候有一回我说要养兔子，当然只是嚷嚷，结果外公就买了两只兔子回来，养在他的院子里，妈妈看了就晕，说我是喊喊罢了，外公说他喜欢你就让他养！后来外公认真地在我不在的时候喂养兔子（也就是兔子的整个一生）。若不是书写，我几乎都快忘了这段养宠物的历史。

外公养老鹰，外孙养兔子，这不是很萌的演进吗？

外公真的疼爱我，虽然我是外孙，但只要我在的时候舅舅家的小孩都得往后靠。外省人特别疼女儿，我想自己是被爱屋及乌了，但妈妈说才不！小时候还是舅舅被宠得像小霸王。老一辈真如谜团一般，比如从我记事开始就是俊拔坚毅形貌的舅舅说起外公就特别柔软，谈起大陆就有深刻的情绪，外公将大时代的故事告诉了他，而我再从他那里追忆过来，不晓得这算不算一种传承。

太平轮的时代，站在码头上年轻的外公，身板上衣服的里子袋子，能塞满值钱珠宝金条的空都被填满，那是家族最后的爱，那一声再见，转身就是一辈子。看见《滚滚红尘》里林青霞和秦汉要去搭船时千百人涌动的画面，我被震撼了，这是外公当时看见过的景象吗？！是吗？！

一辈子很短，思念却跨不过去；一辈子很长，战火往事都如烟。

看完电影我把手机拿起，回复刚刚收到的大皓同学的信息，并说："我看了一部老电影。"他问我什么，我说了，他不知道，我不意外。我知道自己有"老灵魂"，我这一代人不知道的故事逸闻，

我或知晓，或感兴趣，而时代把
我包裹成先进的青少年，这使我常常
掉进时空的夹缝中，在现代显得太迷恋经典，
在旧时代却又走得太前面。但只要不把脑子里的话说
出来，我的模样跟街上那些挂着 Air Pods 的年轻人没有区别。

　　电影里有一幕林青霞倒在张曼玉的肩头上，张曼玉笑着，林青
霞哀默地哭泣，没有看见眼泪，而我一股辛酸冲上鼻头，热泪盈眶。
张曼玉笑着笑着也哭了。跟人生一样，笑着笑着就哭了。

　　大皓同学说女孩连年轻女孩子哭起来都可怕，何况不是……我
说林青霞哭就不是哭，金所炫哭才是眼泪啊！他说他现在不怎么喜
欢金所炫了。他对女偶像的爱好是按二十四节气划分的，我很难跟上。

　　当警察把韶华（林青霞演绎的角色）写的小说拿给男主角时，
镜头照着那本小说，书皮上写着"白玉兰"三个字，泪水又重新装
满我的眼眶。我实在不是一个容易悲伤或流泪的人，但是那浅浅的
痛、深深的悲哀、大时代的荒凉，怎么能让人无动于衷，甚至对那
个画面能悸动的人也越来越少了吧。所以我说现代人凉薄。"身而
为现代人，我很抱歉。"我把这句话发给大皓。

　　说好不聊老电影，看来我具备了男性的特质，不守诺言。

大皓："没关系，本王原谅你。"

我："原你家熊猫。"骂人也要带着萌，不然就低俗了。

大皓："就你文艺，就你有灵魂（搭配斜嘴笑的emoji）。你啊，生不逢时，没把你生在民初真是不对。"

我："你这话说的像是我是托你的福才出生一样。"

"……"大皓同学，"到底有什么心得，不是看了一部爱情片就想谈恋爱吧？"

这是我的毛病，看一部戏主角做了什么我就有冲动想效法，看过人考国际注册会计师自己就也想考，检察官、机长、老师……我想后来会当作家是因为更多的小说与电视剧主人公是作家。我告诉大皓同学这不仅仅是一部谈儿女情长的电影，还是讲 1949 年纷乱的真实史诗。诗的大在于真，而不在多用力多磅礴的风景。

"但是，也想在乱世之中谈一段清澈如水的感情。"

不要整个时代整个民族和我一起受罪，我自己的苦自己苦，自己的爱自己爱。我祈祷此刻的盛世永远太平，这很重要，这很必需。至于我感情上的向往，也如生不逢时的花，在别处倾城就好。

所以我说林黛玉到底被谁欺负了

我很喜欢《红楼梦》。

小时候我常被家人带去叫作文化中心的图书馆，一待就是一下午，那是我人生阅读量最浩大的一段光阴，像古代呆头呆脑的小书生捧着一本书津津有味地咬文嚼字着，尽管我看的是白素贞和许仙虐恋情深的故事，而非什么金奖著作。很早我就了解四大名著，《西游记》看张卫健演过所以翻得快；《三国演义》名气太大还没读每个片段就被世人剧透得差不多了，怒；《水浒传》一了解剧情就发觉跟我的灵魂质地差异太大，除了李师师跟燕青那一段"名妓的诱惑"或者说"我的灿烂姊姊"的桥段具有狗血感外，其余的我并未多琢磨。

高中我帮朋友写读书心得或者跟他们说大意时，他们下了一句评语："你怎么把那些经典都说得跟韩剧差不多！"

而《红楼梦》是我在 16 岁之前不曾碰过的，但打从我知道这本书存在的开始我就特别心仪，并且宣布我喜欢它。它的名字念起来就有种大朵大朵鲜粉红色的花开在琉璃瓦墙下，旁边一排宫装仕女婀娜走过的画面感，像斥资二十亿的大电影磅礴又华美。或许是期待感太高，觉得不能肆意就拿起来翻了，非得焚香沐浴，挑对吉时，再配一杯香甜丝滑的咖啡，才能把它摊开。

初读《红楼梦》，我立刻加入了林黛玉的粉丝后援会；当她说出那句"我为的是我的心"时，她就已经征服我的思想了。是呀，人活着为的不就是这句话吗？没有虚伪，没有矫情，没有做作，哪个年轻人不为此率性着迷？她对两小无猜的宝玉说："那也只瞧我高兴罢了。"这种情态就像时下常能听见的耳语说词，但不是人人都能说得漂亮，说得合理，她因为拥有诗礼簪缨之族的资本与教养，所以能比别人多一些与众不同。用句现代的话来说，她就是一个傲娇并绝美、知礼却不失任性的少女。

世外仙姝寂寞林，有美如她，却悲哀至斯。

在我最迷恋《红楼梦》的大一那年，跟我一起修课却始终缺席的朋友（他总说他在前往教室的路上，接着他一整个学期都在那条路上且没有抵达过……）在期末考前问我："所以我说林黛玉到底被谁欺负了？我的印象就是她是个挺委屈的人。"

"……"

如果林黛玉出现在我面前，那么我看向她的眼光一定是饱满着滚烫的同情，像一池蹿着热气的温泉。石黑一雄在《长日将尽》中说："尊严"是个人所具有的素养，而非靠侥幸的机会获得。但换个角度放在林黛玉身上却是不幸的，她拥有尊严，坚守尊严，因此在环境与命运的交织作用下她意识格外清晰地走进那个名为悲剧的巨大的黑色坟墓里。

谁欺负了她，像她这样一个自尊自傲的人谁能欺负她呢？我想她在《红楼梦》里算不得最悲苦的头几人，然，她的美注定要在一种向死而生的前提下发烫着，她的青春早夭，成就了她熠熠生辉的花样年华最后一抹绚丽色彩。

我绝少和别人认真聊起《红楼梦》。

在台大修习整整两年的《红楼梦》专书课程，我对"内行看门道，外行看热闹"有深刻的认识，从前作为路人读的不过是剧情，谈的是痛不痛快，但真要细论起来《红楼梦》的每件事，小至亭台菜谱，大至人格命运，都有可追溯的正经说法。

有时看见网络上某些读者"想当然耳"和"庄农进京"式的评论时，会有种想卷起袖子上去回应一番的冲动，但这种较劲又显得自己幼稚，于是罢手，何况，对《红楼梦》有精深了解的诸多研究里又有太多分歧，光是薛宝钗到底伪不伪，杨妃扑蝶是否为一场明媚的阴谋算计，百年来吵得喋喋不休。我只觉得《红楼梦》里的每个女孩都是可亲可爱的，没有一个不灵秀动人。鲁迅评介此书说："经学家看见《易》，道学家看见淫，才子看见缠绵，革命家看见排满，流言家看见宫闱秘事……"这话实在精当，大家都把自己想看见的放在《红楼梦》里。

我们看见的风景，从来都只是我们自己愿意看见的风景。

我也曾是一个《红楼梦》中人，青涩而无忧地度过身穿白色制服的校园生活，我们都是这样的，当时仿佛有玻璃罩子将世界安稳地框住，外面哗啦啦的狂风暴雨不过都是窗帘上的雨珠。我们不知好歹地看着玻璃窗外疲惫的人们说："他们活得真辛苦！"却不知当自己踏出青春乐园后要用跪的才能把路走完，更狼狈，更难堪。

在梦里还幻想着要有一段凄美至死才方休的爱情故事，能轰轰烈烈就不要细水长流，能吵着说的话绝对不好好沟通，非闹出一部足够精彩的你死我活偶像剧才肯罢休。但不过长大了两三岁，被现实的冷雨淋湿了一点肩膀后，便对宝黛那种倒霉透顶的爱情一点瓜葛也不想要有，茜纱窗下，公子无缘的悲剧还是留给十六七岁骨头比较硬的小青年少女们去品尝吧。

话虽这么说，至今却还是觉得恋爱始终须保持着一定的美感，俗里俗气的爱失了韵味，然后我就迅速明白自己肯定被生活糟蹋得还不够，因为年纪长一些的学姊们对我说：有一个人你爱她她也爱你，能走得下去日子能过就是福气了。至于年纪长一些的大哥们则说：有一个人愿意爱自己，还能走那么一小段路就是莫大的幸运了……所以我想我还没从生活那儿学到最痛的教训，才会对爱情抱有姹紫嫣红开遍的期待。

"林黛玉的宿命要怎么解释？她是毁灭在家族中、算计中，还是自己的不甘心里？"朋友问，但他一点儿也不关心林黛玉到底是怎么个死法，他甚至活在中文系都神奇。有一次我跟他说我最近觉得《京华烟云》很有意思。

"谁的？"

我说："林语堂。"

"是啊？他还导过什么戏？我很久没看电影了，《京华烟云》是什么时候上映的？"

"……"

他是那种给他一个对的核心概念他就能扯出一篇三千字小论文还凑个"A-"过关的可恶分子，但台大这样的人太多了，灭了一个还会有千千万万个站起来。针对林黛玉的宿命问题我想起了一首歌，《滚滚红尘》唱的：想是人世间的错 / 或前世流传的因果 / 终生的所有 / 也不惜换取刹那阴阳的交流 / 来易来 / 去难去……这作为黛玉花落人亡的哀歌，倒也有几分适切。

所以我说林黛玉到底被谁欺负了，你说呢？

盛宴开始前让我睡一会儿

我很喜欢旅行，大约一年一次，近年因为活动关系频率高了，我觉得还挺划算的，看看不同的风景，总归闲着也是闲着。

年轻就是有大把的时间去浪掷，这股气焰多像撕扇子还笑得明媚的晴雯啊。

有些年轻人很流行到了别的城市就寄一张明信片。

我从来不这么做，觉得过度文艺反而趋近恶心，但我收到明信片时却会很雀跃，觉得他在国外那么嗨还能惦记我，这人一定会一生长命顺遂的。

大皓同学有时候说，你出国怎么不寄两张明信片给我。

我挑挑眉毛，无比诚恳地看着他："我跟你没那么好的交情。"

因为够好才能够不知好歹地开这种狼心狗肺的玩笑。

我在别处闹的笑话都会跟大皓同学分享，因为他是个会立刻回信息的人。我觉得这是很好的品德，因为我不具备，我没有近视，我想这归功于我并没有过度把眼睛花在屏幕上，但现代作家跟盲人的距离其实不太远。

去年秋初我在首尔。

那个时候本来要把已预计两三年的旅游书好好完成。我住在温馨简单的民宿里，我跟老板说如果写了我就把你这店放进书里，他硬是要给我打折，我说你别激动我还不知道会不会十年才写成呢，他说那我就等你十年吧。感动得我觉得人间处处有温情，尽管至今我仍没空完成那本首尔攻略。

我要到东大门吃一间炸鸡，因为外出前一女生朋友严肃约我出来说："我欧巴老公代言了这间店，你去帮我拿他的手提袋。"

"我为什么要浪费时间去吃到处都有的鸡啊。"

"拜托，拜托你去这里吃鸡吧。"她说出这句话的同时手上还塞了一张五百块给我，我觉得隔壁桌的客人以一种正要报警的眼光盯着我俩。

我坐在地铁上，我想我要去东大门，东大门，东大门，我要到东区去，等一下看到忠孝复兴站要记得下车。我就这样把台北的地铁跟这里的系统严丝合缝地融合在了一起，直到我听见广播说着Dongdaemun 的声音，才觉得，耶，怎么好像跟我有点关系？

　　……

　　顺带一提，如果你到台北来可以去忠孝复兴的东区逛逛，那里有很多下午茶、饮料店、潮衣与国际年轻品牌，如果你需要向导也可以找我，但我爱的店就那么几间，作用可能不大就是。

　　大皓同学觉得我心这么大，还敢一个人旅行，他说："你的旅

游平安险都是买八千万的吧！"

我坐在飞机上半圆弧的座位上，我垫好小枕头立刻接上 Wi-Fi，告诉大皓同学说我要回台北了，你要不要来接机，感动我一把眼泪，我当然知道他没空，我也是纯粹讲来让他觉得自己真没人性而已。

我想起一个关于大皓同学的笑话。

我："《水浒传》里夜奔的是谁？"

他纠结的眉毛像是我问他泰戈尔喜欢吃水煎包还是花生腰果。

"一定不会是潘金莲吧……是吗？"

"……"

"你太闲才会知道谁夜奔！那你知道让柯南缩小的药剂是什么吗？"他竟然可以毫无误差地说出"APTX4869"的奇葩正解。

"请问你为什么会知道柯南那怪力乱神的胶囊名字？"

"这样才不会被人骗着吃啊。"

"……"

我在飞机上看着他回我："真好，你把青春带上三万英尺的对流层里，那里没有雷鸣闪电，我这楼外在刮大风，天气跟疯婆子一样歇斯底里。"

"别跟我扯大气科学，这儿怎么没有雷劈暴雨的，不然哪儿来的空难？"

"呸呸呸，你睁开眼睛看看自己在哪儿啊，这么开玩笑。"

我倒是想得开："棺材里装的是死人不是老人，有什么好谦虚的。"

"你的幽默有时候跟恐怖片没有差别。"

瞎扯了几句，我笑说："我们什么时候变得那么忙，需要空对地地聊天。"

"没有我们，我是我你是你，就像我看着你喝香槟的照片，而我正在实验室里准备待会跟教授 meeting，那个老家伙又擅自改时间了，我诅咒他晚景凄凉。"

"但是还是你好，你研究所结束就能赚钱了，我现在又不事生产，有一天我会回学校当老师的，等我把青春嚣张地挥霍殆尽的时候。"到时候我跟你在尘埃中相聚，敲着超市的廉价汽水没心没肺地聊一夜。

他发了一个呵呵呵笑的脸："你回不去的，你连回头的路都看不清楚了。"

"唉，你很累了吧？"他说。

我认真地感慨：为什么他五个字就能让我有哽咽的本能？果然最毒的还是最好的朋友。

"我也没做什么事，有什么好累的。"

"那就好，尽快回来吧。"

我看着窗外云层铺垫的天空，像是上帝垂挂在腰间的一条羊毛绒毯——不刺眼却无法直视的光亮。我不知道飞机会带我到哪里，我像是坐在巨大怪兽的胸腔当中，任它操弄我的未来。我的脖子无力地靠在椅背上，那种触觉让我想起了高中时在夜色中搭乘的公交车，我总是能在固定的时间坐上同一位司机的车子，我每次都能在倒数第三排找到位子，而其他更晚上来和我同样年轻同样疲惫的学生只会昂着下巴张望，然后以一种接受的低头姿态乖乖站着，直到下车。

那时我总想，如果每个人都有位置就好了，不用争不用抢多好。

我有一个补习班老师，她生长在渔村家庭，妈妈是建筑工。虽然她的成绩很好，但妈妈不愿意让她读书，盼着她毕业就赶紧赚钱赶紧嫁人。她说自己是小地方出来的，要用比别人多的力气才能有不输人的成绩，而她不能凭借努力就能得到的是如影随形的气质。她不自卑，她坦然地喜爱永生的质朴，但她说，那也是无法磨灭的气味，即便到了大城市，找到了属于自己的一方天地，纵然能欺骗别人你打小就在钢筋水泥的都市王城生长，但你越想表现，只会有寒酸的神情被人挖掘。

当时我不理解，后来我看到一些浸染文化界的人，戏台上众人都庆贺他的成功，但背地里介绍时却说他是小地方出来的，跟暴发户没两样，于是我才明白英雄不问出身是一种愿景。如果下辈子我能选择要去哪里，英国经济学人智库又公布了新一年的世界宜居城市，第一名的墨尔本可以，这样我能喂无尾熊吃尤加利叶；维也纳也不错，晚上我就沿着多瑙河散步；至于我所拥有的台北，在榜上的亚洲城市中排行第六，在我心中也有前三，真恭喜她。

我也可以去小地方，只要那里凛冬有暗香，夏末仍有荷花芳。

我没什么大愿景，我怕辛苦没出息，我只想健健康康地活着就好。

写英文作文的时候老师问我的抱负。

"我想找一块郊区盖个小别墅，一楼住我家人，二楼装潢成图书馆，三楼是我发呆的地方。"重点是这些单词都不太难，写起来方便。

"然后呢？"

"没有然后啦，无忧无虑地过完一生就好了，这也是我爸给我的期许。"

"You can't always get what you want."

我低低念着写下：你不会永远称心如意的！

补习班一个叫臣凉的同学拿着黑色签字笔在旁边写下精准的诠释。

"天不从人愿。"

我在卢森堡的灰瓦片房子前捏着一张明信片在写。那个城市有童话的风景，不像有小美人鱼雕像的哥本哈根，而是生长着大片大片的繁盛绿树，像是一座森林与国家盘根错节，共同呼吸。

这里还有很多护城墙与堡垒，战火的遗迹，你站在这里看着异国蓝瞳的人们走来走去，会觉得自己掉入了混乱的时空夹缝，打不着自己的子弹与跟自己无关的盛世太平。

明信片是我给自己的最后一道保险，它会横越半个地球送到我最好的朋友手上。

如果有一天我忘记了我自己，请让我找到你。我会扔下过重的行李，伸出双手跟你拿那些年未起毛球的真心。

噢，谢谢你，一直珍藏着最好的我。

我不知道飞机会航至何处，飞向宇宙，浩瀚无垠。

抵达之后我会欣喜地换上质料更精致的西装，五角星的Givenchy 或者漆黑如夜的 Armani，我挂着安静的微笑欣赏穷奢极欲的繁华，金灿灿的人间天堂，但是在盛宴开始前让我睡一会儿，我有点累，我想做个梦歇一歇。

二零三零大贵族

我从二零三零年的台北发了信息给你。

银行的职员拿着条码扫描仪在少女的脸庞滴滴滴滴地照了一下。"您好，您的青春估价是 20 万，请问您是要进行抵押还是贩卖呢？"少女低头想了想，九月要缴学费，家里要吃饭，还有水电煤气房屋贷款。"卖了，卖了吧。"想起在医院里等待开刀的母亲，她让自己别掉眼泪。

电影《时间规划局》（原名：*In Time*）讲述时空到了 22 世纪，基因工程发达，人类活到二十五岁便不再老去，所有人交易的货币不是钞票、信用卡，而是时间，并且比电子支付更方便哦，因为系统登录在你的手臂上。那个时代你觉得陌生，但其实和现代社会是一模一样的！百分之二十的富人掌握了百分之八十的资源，不管是握有时间、金钱，还是操控世界的权力，这样的故事不断被演绎，比如很火的《饥饿游戏》，人类从荒烟蔓草走向琼楼玉宇，从茹毛饮血吃到牛排香槟，拼了命地往前奔，最后还是为他人作嫁衣，为极少数的人奉献疲惫不堪的一生。

我和你说的是未来的世界，他离我们太近。

曾经我以为自己跟世界没有关系，国际后面接的是知名人士、文学、精品……那些在荧幕或百货橱窗里的发光体，还是跟我没有关系。我就这样快乐地在台北城中快乐长大快乐恋爱快乐工作，捧着一个肉嘟嘟的快乐小孩，然后快乐地结束一生。但"世界"扇了这种思想一巴掌，透过网络透过教育，甚至连购物你都不可能跟世界脱节。然后你抬头凝视世界这个"妖孽"，你发现她失序了。

川普赢得总统竞选之后新闻都变得妙趣横生，仿佛小说家都去帮忙拟标题："川普与世界，谁先崩溃？""仿佛世界末日，川普意外当选！""全球都崩溃，狂人川普入主白宫啦！"到底人类是有多容易崩溃？

历史最幽默的一点在于它从来不前进，只是兜圈子，你以为往前走是新的光景，别闹了，"重复上演"这句话缺少了两个字，"悲剧"重复上演。人类拥有自掘坟墓的天赋，力挽狂澜的人在看书，其他无知无感的人觉得他疯了，毫不在意地继续往前走，走进那个壮阔的灰白色石砌坟墓。捧着书的人耸耸肩："好吧，那你们就这样死去吧，愿你爱你所选。"

到了公元二零三零年，世界会是一片光芒万丈。燎原的火焰，冰山崩坠的大海浪淘，但那时候我们还是会挺直腰杆地站着，只是我们不能相拥了，因为靠得太近会使彼此流血，身上充满切割完满的棱角，变成一颗熠熠生辉的冰冷钻石。

真理是人心无法忍受的，易卜生的《野鸭》里暗示着，在我后来稍微不那么笨的时候我没再拿起这本书，也许原因正是无法忍受里头一直围绕的"理想之要求"与"人生谎言"的取舍。正如同我爱《小王子》却不忍心再看，泪流满面是小王子留给每个逐渐长大的人的最后的晶莹礼物。

小王子闭上眼睛，流下最后一次眼泪，再醒来，就是大贵族。

九品官人法重新启用，卷土归来的时尚经典，上品无寒门，下品无世族，终于士绅组成了世族，世族强悍成贵族，我们的血统家世学养容貌信托基金人脉替换了原本的名字，但是六大不公平会加上一个平等：文明。

说个故事，开头是很久很久以前……文化是贵族的生活气息，他们制造了一套规则传播开来，他们才有条件养成文明制度，接着有钱豪强赶忙附庸风雅，市井小民学着富贵人家过起生活。千百年的文明人类绝舍不得抛弃，如果你喜欢《红楼梦》，或者着迷过《步步惊心》《甄嬛传》的高贵气派，你会见到的，不过最好是站在高楼看风景，而不是高楼上人的风景。

打破大贵族的方式有两种，毁灭他们，或者加入他们。即便他们早已金身不坏。

十八岁那年人人有变成蝴蝶飞走的魔法，到了二零三零咒语被忘记，人再也飞不出去了。水晶棺材黄金牢笼钻石花园是我们剩余的绝美风景，可外面还有蔚蓝的海苍绿的山红色的尘谷银色的星空。蝴蝶原来不是忘记怎么飞，而是疲惫了，甘愿为了一朵花放弃整个世界，因为懂得多，勇气就不那么充沛了吧。所以末日来临前你的翅膀还能嚣张地随风拍打，翩翩飞舞，飞吧，飞吧，不必害怕，有一天你会被现实打湿翅膀，但绝对不是此刻青涩的你该担心的。

飞吧，飞吧，朝着你所爱的风景，变成蝴蝶飞走吧！

因为我和你说的未来的世界，她就要来了。

"欢迎光临，二零三零，对不起先生，你没得到入场许可，你很生气，喔，不，你误会了，你的生存许可已经过期了。别哭！因为我们不打算安慰你。"身穿黑西装的保安撇头抛下泪眼彷徨的男人。另一双悠闲的脚步在旋转门前停下，年轻男子皮笑肉不笑地给保安一个浅浅的点头，保安弯着腰恭敬地说话。

哦！你以为这就是这未来的结局，不，我让你看看我身处的光景。

光芒毫不客气地从天空中遥远的一点洒落，滚烫，密集，灿烂，刺眼。

我们惬意地坐在沙发椅上谈论跟年轻相关的话题，仿佛身在曼斯菲尔德庄园，玩一场阶级里的爱恨，充满刺激，你永远不知道能爬多高，同时也不能预知死得多惨，青春里的一切都是这样，友情、爱、家庭、成绩、金钱……在二零三零年青春被装瓶放在玻璃架上，飘散着生气勃勃的气味，像是刚出炉的面包香气，或者金黄的蜂蜜、红的甜蜜的五月玫瑰。

霍金曾说过很多让人类恐惧的宣言，比如

外星人可能会殖民地球，比如想活下去人类必须移居外星球，比如慎防人工智能……黑色的绝望、比陨石更震痛的大灭绝威胁着我们的未来。但我跟你说：淡定点！你的青春、银雪色的明天比白金还坚固，因为你怀抱梦想与希望。

希望是恶魔最害怕的光，梦想是杀不死的最后一滴血。

1998 年霍金在白宫筹备的演讲中告诉世人："我很乐观，我认为我们有很大的机会避开世界末日，并同时不陷入另一次黑暗时代。"这才是面对未来的结论！我很乐观地告诉你，会有一个人爱你，按照你希望的方式。我很乐观地告诉你，你所受的委屈都会有因果报应，补偿还你，坏人受惩罚。如果你不相信，你就是在否定自己的明天。千万不要对人生感到无奈，青春的终点是学会快乐，而人生的过程是学着永远不忘记去快乐。

哔哔嚓嚓……我跟你的对话就要结束了，看来到了未来，信号仍然是个问题。

抓紧时间！在来到二零三零年之前，你会遇到很多困难，你会被你信任的人伤害，被现实与挫折狠狠打脸，会失败，会孤立无援，但是想想你七岁那场哭泣还有十一岁那次考试砸了……荒唐吧，那么久以前的事情谁记得，对的，正是如此，所以无论你当下遇到多过不去的坎，请你让它过去，如同英文说的"move on"！因为未来一直来，过去一直去。我在未来等你，相遇的那一天，你会比今天的你更好。

我跟你约定。我们会遇见的……在青春……

图书在版编目（CIP）数据

不怕青春太疼痛，只怕青春没来过 / 明星煌著 . — 杭州：
浙江文艺出版社 , 2018.7

ISBN 978-7-5339-5333-1

Ⅰ . ①不… Ⅱ . ①明… Ⅲ . ①散文集－中国－当代
Ⅳ . ① I267

中国版本图书馆 CIP 数据核字（2018）第 122455 号

责任编辑　　关俊红
装帧设计　　WONDERLAND Book design
　　　　　　仙德 QQ:344581934
封面插图　　猫矮 -Maoi
责任校对　　许龙桃
责任印制　　朱毅平

不怕青春太疼痛，只怕青春没来过

明星煌　著

出版　　浙江文艺出版社
地址　　杭州市体育场路 347 号　　邮编　　310006
网址　　www.zjwycbs.cn
经销　　浙江省新华书店集团有限公司
印刷　　浙江海虹彩色印务有限公司
开本　　880 毫米 ×1230 毫米　1/32
字数　　150 千字
印张　　7
版次　　2018 年 7 月第 1 版　2018 年 7 月第 1 次印刷
书号　　ISBN 978-7-5339-5333-1
定价　　**39.80 元**